Da scheint kein Licht am Horizont

Martin F. Kind

Da
scheint
kein Licht
am Horizont

Bibliografische Information der Deutschen Nationalbibliothek:
Die Deutsche Nationalbibliothek verzeichnet diese Publikation in der Deutschen Nationalbibliografie; detaillierte bibliografische Daten sind im Internet über http://dnb.dnb.de abrufbar.

1. Auflage; 7. August 2018

© 2018 **Martin F. Kind**

Herstellung und Verlag: BoD – Books on Demand, Norderstedt

ISBN: 978-3-7528-6734-3

Für alle, die wissen, dass man Tränen aus
unterschiedlichen Gründen vergießen kann.

Inhalt

Der letzte Tag *oder* Als die Erde still stand

Das Unglück trat mit einer derartigen Kraft und Wucht ein, dass schon allein sein Auftreten verheerende Spuren hinterließ. Doch im Vergleich zu seinen Folgen, war es nur ein kurzer Auftakt in einem gewaltig orchestrierten Werk der Zerstörung.

Der kleine Planet, der nicht einmal in den unzähligen Enzyklopädien, Karten und Verzeichnissen der zahlreichen fortschrittlichen Kulturen verzeichnet war, die in der Galaxie entstanden und wieder vergingen, zitterte heftig und war völlig unvorbereitet auf das, was kommen sollte. Vollkommen unvorbereitet waren auch die kleinen Geschöpfe, die auf dem Planeten lebten. Die meisten *Gruuhks*, so nannten sie sich selbst – denn bei den unzähligen, fortschrittlichen Kulturen, die in der Galaxie entstanden und wieder vergingen, waren sie gänzlich unbekannt –, hatten dem großen Ereignis noch in freudiger Erwartung entgegengefiebert, nicht ahnend, dass es solch dramatische Folgen haben sollte. Das größte und letzte Unglück einer gutmütigen, friedlichen Zivilisation. Die ultimative Katastrophe.

Dabei fing die ganze Sache mit den Gruuhks ziemlich vielversprechend an. Irgendwann, vor einer beinahe unvorstellbaren Anzahl an Jahren, es mögen wohl einige

Milliarden gewesen sein, entstand der kleine Planet, auf dem sich das entwickeln sollte, was sich eines Tages selbst als Gruuhk bezeichnen würde.

Damals war es ruhig, ganz still. Nur ein paar halbwüchsige Meteore zischten schnurstracks und beschwingt durch den leeren Raum zwischen einigen gelangweilt herumtreibenden Felsbrocken.

Dann geschah lange Zeit nichts. Es war so langweilig, dass einem schon von kurzem Zuschauen die Augen zufielen und man sich lieber das bunte Treiben in anderen Galaxien betrachtete, in denen Sterne zu Roten Riesen wurden, um sich daraufhin in Weiße Zwerge zu verwandeln, um dann irgendwann weiter zu einem Neutronenstern oder gar zu einem schwarzen Loch zu werden. Letztere waren in jenen Tagen besonders beliebt, weil man praktischerweise ganz viele Dinge in ihnen verschwinden lassen konnte.

Hach, das war eine tolle Zeit in der die Galaxien funkelten und blitzten vor lauter Protuberanzen, Supernoven, leuchtenden Photosphären und einer Unmenge Sternenstaubes …

Aber zurück zu dem kleinen Planeten, auf dem in einer fernen Zukunft die Gruuhks leben sollten. Plötzlich war er da, nicht größer als ein Staubkorn. Hüpfte auf und ab, schaute sich interessiert um und blieb nicht lange alleine. Er musste sich wohl einen schönen Platz in der jungen Galaxie gesucht haben, denn schon bald kamen andere Staubkörner daher und schlossen sich ihm an.

So wuchs und wuchs er, und je mehr Masse er aufbaute, desto mehr Staubkörner, Gesteinsbrocken und Geröll zog er an. Er versuchte, sich nichts darauf einzubilden, aber es war schon ziemlich offensichtlich, dass er eine außergewöhnliche Anziehungskraft hatte.

Er wuchs und wuchs und wuchs, bis er eine recht stattliche Größe erreicht hatte. Ungefähr zu dieser Zeit beruhigte sich das nicht mehr ganz so junge Sternensystem und es flogen weniger Meteoriten und Geröll durch die Gegend, und folglich wurde der kleine Planet auch von weniger Gesteinsmassen erschüttert und konnte den lieben langen Tag das tun, was kleine Planeten halt gerne so tun – er drehte sich um die große, helle Sonne, die in dem System entstanden war. Dabei passte er auf, dass er sich auch immer gleichmäßig um sich selbst drehte. Er wollte schließlich keinen einseitigen Sonnenbrand riskieren.

Und so rotierte und rotierte er, bis irgendwann ein riesiger Komet seinen Weg kreuzte. Dieser hatte sich aus einem benachbarten Sonnensystem auf den Weg gemacht, um mal zu schauen, was woanders so los war. Leider wurde sein Entdeckerdrang jäh gestoppt, als er auf der Oberfläche des kleinen Planeten einschlug. Es gab einen lauten Rums, der Komet zerbarst in tausende Teilchen und hinterließ eine ziemlich unschöne Delle in der Kruste des jungen Himmelskörpers.

Der kleine Planet war von diesem ungeplanten Zusammentreffen nicht wirklich begeistert. Der Schweif des Kometen war ja schon ganz nett anzusehen gewesen, als er an der Sonne vorbei zog, doch diesen Zusammenprall fand er jetzt nicht wirklich witzig. Der Komet bestand nämlich hauptsächlich aus Methan, Ammoniak und Eis. Und das Methan und das Ammoniak stanken so fürchterlich, dass die anderen Planeten im Sonnensystem sich nach ihm umdrehten und ihre Nasen rümpften – na ja, das hätten sie zumindest getan, wenn sie eine gehabt hätten. Einige seiner Mitplaneten waren sogar so angewidert von dem Geruch, den ihr junger Freund verströmte, dass sie einfach kurzer Hand die Umlaufbahn änderten, um auf größere Distanz zu dem kleinen Stinker zu gehen.

Trotzdem sollte sich dieser Einschlag im Nachhinein als gar nicht so unschön für den kleinen Planeten herausstellen, denn der Komet hatte noch weitere Elemente in sich getragen, die zusammen mit den anderen Stoffen eine schützende Gashülle um den Planeten legten und ihn so vor der Sonnenstrahlung schützten. Das war sehr angenehm für ihn, denn er war so nun besser vor der Hitze geschützt und konnte sich weitaus unbesorgter um die riesige Wärmequelle drehen. Auch begann das Eis zu schmelzen, welches der Komet hinterlassen hatte, und breitete sich in gewaltigen Meeren auf der Oberfläche aus. Dies senkte seine Temperatur zusätzlich und half ihm an besonders heißen Tagen kühl und entspannt seine Bahnen im System zu ziehen. Er war also alles in allem gar nicht mehr so unglücklich darüber, dass der Komet seinen Weg gekreuzt hatte.

Was er nicht wusste war, dass dem Kometen noch andere Dinge angehaftet hatten. Und diese winzigen, unscheinbaren Teilchen führten plötzlich dazu, dass etwas Seltsames auf der Oberfläche des kleinen Planeten passierte. Es bildete sich nämlich das, was die Gruuhks in Millionen von Jahren *Leben* nennen würden. Und dieses Leben fing schlagartig an, sich auf dem Planeten auszubreiten.

Am Anfang waren es nur Einzeller, die sich in den Ozeanen und an deren Stränden tummelten. Doch irgendwann wurde es ihnen zu langweilig immer nur als einzelne Zelle ihr Dasein zu fristen, und sie beschlossen sich zu Verbänden zusammenzutun. Das war gar keine schlechte Idee, denn es stellte sich heraus, dass die Zellen, die in der Mitte solcher Verbände lagen, viel besser vor den Umwelteinflüssen der kalten und rauen Meere geschützt waren. So fingen die Zellen an, sich zu teilen und immer stärker zu vermehren.

Um sich noch effektiver vor der Umwelt schützen zu können, begannen die Zellen in den Verbänden alsbald spezielle Aufgaben zu übernehmen. Die, die weiter außen lagen, spezialisierten sich darauf die Restlichen gegen die Außenwelt abzuschirmen und veränderten ihre Morphologie derart, dass sie härter und undurchlässiger für Strahlen und Partikel wurden. Andere, im Inneren liegende Zellen, konzentrierten sich hingegen auf die Produktion von Wärme, damit den äußeren Schutzzellen nicht zu kalt würde, denn das Wasser war schon sehr eisig zu jener Zeit.

Wieder andere überlegten sich, dass es doch sinnvoll wäre einen Mechanismus einzusetzen, mit dem man sich fortbewegen könne, denn immer nur an einer Stelle im Ozean abzuhängen erschien ihnen als zu langweilig. Sie wollten die Weiten der Meere entdecken und unbekannte Orte erkunden. Also streckten und reckten sie sich und bildeten längliche Fortsätze aus, mit denen sich der ganze Zellverband bewegen konnte.

Das funktionierte prinzipiell ganz gut, doch merkte man schnell, dass man ja gar nicht wusste, wo man denn war, und ob man dort schon gewesen sei, denn man konnte die Außenwelt ja gar nicht wirklich wahrnehmen. Außerdem beschwerten sich die äußeren Zellen, dass die Antriebszellen den Zellverband immer wieder gegen Hindernisse steuerten und die Außenzellen ständig mit Steinen, Wänden und anderen Dingen kollidierten.

Also beschloss die Zellen, dass sich eine Delegation des Gesamtverbandes um die Erkennung der Umwelt kümmern sollte, und sie mutierten zu Sinneszellen, deren Aufgabe darin bestand, den Fortbewegungszellen rechtzeitig Bescheid zu geben, wenn man auf ein Hindernis zusteuerte. Diese Veränderung war prinzipiell auch gar nicht schlecht. Doch immer wenn eine Sinneszelle ein Objekt erkannte, musste sie ihre Nachbarzelle informieren, die wiederum die Nachricht an ihren unmittelbaren Nachbarn weiter gab, die ihrerseits …

Da die Zellverbände mittlerweile auf mehrere Tausende angewachsen waren, dauerte der Vorgang natürlich jedes Mal eine Ewigkeit, bis die Bewegungszellen die Anweisung zur Kurskorrektur erhielten – wenn überhaupt die richtige Information ankam. Oft lief das Ganze nämlich ungefähr so ab:

Sinneszelle 1: »Achtung, Gesteinsbrocken voraus!«
Sinneszelle 2: »Achtung, Gestein und Brocken voraus!«
Sinneszelle 3: »Achtung, ein Stein und Flocken voraus!«
Sinneszelle 4: »Was?!«
Sinneszelle 3: »Achtung, ein Stein und Flocken voraus!«
Sinneszelle 4: »Achtung, Hein zieht die Socken aus!«
Rums!
Außenzelle: »Aua! Was macht ihr denn schon wieder für einen Quatsch?!«

Meist lief es so oder so ähnlich, bis die Außenzellen sich massiv beschwerten und drohten, sich nach innen zu verkrümeln, was natürlich die gesamte Schutzwirkung für den Zellverband zunichte gemacht hätte. Unter diesem Druck erklärten sich einige Zellen bereit sich auf die Übertragung von Informationen zu spezialisieren, damit die Nachrichten von den Sinneszellen so schnell wie möglich an die Bewegungszellen weitergeleitet werden konnten. Und da es den Außenzellen ganz schön auf die *Nerven* gegangen war, dass die Kommunikation im Zellverband derart langsam lief, nannten sie sich kurzerhand Nervenzellen.

Das ganze System lief super. Je mehr Zellen spezielle Aufgaben übernahmen, desto besser, sicherer und komfortabler konnte sich der Zellverband in der Umgebung bewegen. Aus den einfachen Zellverbänden wurden so immer komplexere Formen, die sich besser und besser an die Umgebung anpassen konnten. So entstanden die ersten mehrzelligen Organismen.

Das Meer fing an, vor Leben zu erblühen. Immer spezieller wurden die einzelnen Funktionen und blieben nicht nur im eigenen Mikrokosmos. Es bildeten sich Lebewesen, die Sauerstoff produzierten und Kohlendioxid ausschieden, und welche, die sich genau anders herum mit Energie versorgten. Große fraßen Kleine, bis diese darauf keine Lust mehr hatten und sich in Schwärmen zusammenschlossen, um die Großen zu jagen. Manche Geschöpfe glitten nur durch die Meere und sammelten mit weit aufgerissenem Rachen alles ein, was ihnen vor das Maul kam, andere erlernten ausgefeilte Jagdtechniken, um ihrer Beute nachzustellen. Es herrschte ein buntes Treiben unter der Wasseroberfläche, und der kleine Planet freute sich über das Gewusel und Gewirre auf seiner Oberfläche.

Irgendwann wurde es einigen Lebewesen zu langweilig, einfach immer nur im Meer herumzuschwimmen, und sie warfen einen Blick auf die Strände und alles, was außerhalb des Wassers lag. Anfangs noch sehr vorsichtig, ließen sie sich mit einer Welle an den Strand spülen, schnupperten ein wenig an der frischen Luft und rollten sich dann wieder zurück in das salzige Meer. Das wiederholten sie zwei, drei Mal, bis ihnen die neue Umgebung ungefährlich vorkam. Dann begannen sie Merkmale auszuprägen, die ihnen das Leben an Land erleichterten. Die Flossen wurden zu Armen und Beinen, Kiemen zu Lungen, Schuppen zu Haut und Fell, bis letztendlich das Leben auch die nicht vom Wasser umspülten Regionen des kleinen Planeten eroberte.

Die Zeit verging, und mit jeder Generation dieser schier unendlichen Anzahl von Arten passten sie sich mehr und mehr an die Umwelt und das Klima an. Bald lief, schwamm, flatterte, krabbelte, surrte oder brummte es in allen erdenklichen ökologischen Nischen.

Es vergingen Millionen – ach was sage ich – hunderte Millionen von Jahren, bis eines Tages aus all den Anpassungen, Veränderungen und Neukreationen ein Lebewesen hervorging, das besonders und einzigartig in der langen Geschichte des kleinen Planeten war. Diese Einzigartigkeit lag nicht in seinem Aussehen, welches wirklich nicht schön, wenngleich auch recht drollig anzusehen war. Es lag auch nicht in seiner Vollkommenheit, denn das war es ganz und gar nicht. Es war die Art, wie es plötzlich anfing seine Umgebung wahrzunehmen. Denn es sah nicht mehr nur den Ast, an dem es hängen konnte, oder den Stein, über den es stolperte. Nein, es sah in diesen Objekten Werkzeuge.

Der Stein erwies sich als nützlich, um damit beispielsweise Früchte zu öffnen. Auf den Ast konnte man sich wunderbar stützen, wenn man sich mal wieder den Fuß am Stein gestoßen hatte. Egal was es fand, immer versuchte es, Sachen zu kombinieren, um sie noch effektiver einsetzen zu können. Das war bisher einmalig auf dem kleinen Planeten und sollte für lange Zeit auch einmalig bleiben. Es war genau jenes Wesen, was die Gruuhks eines Tages als Ur-Gru bezeichnen würden, nachdem sie im Boden versteinerte Knochen ihrer entfernten und längst ausgestorbenen Vorfahren finden würden.

Die Ur-Gru – die natürlich nicht wussten, dass man ihnen eines Tages diesen Namen geben würde, und sich vielleicht auch gerne ein Mitspracherecht bei der Kreierung ihrer Bezeichnung gewünscht hätten – waren eine durchweg friedliche Rasse. Sie kannten weder Groll noch Wut. Hass war ihnen fremd. Ihre ganze Natur spiegelte sich in einem liebevollen und glückseligen Wesen wieder. Und doch erfüllte sie der Drang, sich ständig verbessern zu müssen, so als wenn ihr aktueller Zustand ihnen nicht genüge und etwas sie vorantriebe, unermüdlich nach ihrem Optimum zu streben. Sie wussten selbstverständlich nicht, dass ihnen dieser Drang seit den ersten Tagen des Lebens auf dem kleinen Planeten innewohnte, denn sie stammten in direkter Linie vom allerersten Zellverband ab, der vor Millionen von Jahren entschied, niemals aufzuhören, sich an seine Umwelt anzupassen. So probierten, experimentierten und optimierten sie den lieben langen Tag mit allem, was sie hier und da fanden. Dabei waren sie eigentlich gut, so wie sie waren.

Die größten Exemplare wuchsen kaum höher als einen Meter, eine Maßeinheit, die sie natürlich noch nicht kannten. Im Schnitt waren sie aber einen guten Ur-Gru-Kopf kleiner. Die Ur-Gru hatten dichtes Fell, welches häufig bräunlich glänzte. Ganz selten kam es vor, dass einige von ihnen noch helleres Haar bekamen und dann gelbliche oder rote Färbungen ausprägten. Im Alter änderte sich die Behaarung – wie bei den meisten Lebewesen – zu grau oder weiß. Die Ur-Gru besaßen zwei Arme und zwei Beine. Das hatte sich im Laufe der Evolution als recht praktisch herausgestellt, sodass sie dies einfach von ihren Vorfahren übernommen hatten. Und im Allgemeinen kamen sie damit ganz gut zurecht, obwohl sich einige unter ihnen zuweilen einen dritten Arm wünschten, damit sie, wenn sie mit dem ersten an einem Ast hingen, und den anderen dazu nutzten, genüsslich einen Apfel zu essen, sie sich gleichzeitig am Po kratzen konnten, wenn sie den Drang danach verspürten.

Aus ihrem dichten Fell guckte, außer den rundlichen Ohren, nur die kleine knollige Nase hervor, mit der die Ur-Gru vortrefflich riechen konnten. Sie besaßen große, braune Augen und in ihrem Blick lag oft eine freundlich verträumte Unschuld.

Weibchen und Männchen unterschieden sich nur in wenigen Merkmalen. Die Männchen hatten breitere Füße und einen robusteren Körperbau, was sich vermutlich evolutionär bedingt entwickelte, denn sie waren ein gutes Stück ungeschickter als die Weibchen, was ihnen oft Beulen, Dellen und blaue Flecke einbrachte. Das war auch der Grund, warum die Männchen sich lieber auf dem Boden aufhielten, anstatt wie die Weibchen hoch in die Wipfel der Bäume zu klettern. Nun konnte man allerdings nicht behaupten, dass die Männchen ganz und gar schlechte Kletterer waren. Doch ihre Instinkte verleiteten sie oft zu recht waghalsigem Imponiergehabe den Weibchen gegenüber, was nicht selten dazu führte, dass sie abenteuerliche Sprünge zwischen den gewaltigen Ästen der Ur-Wälder vollführten, die leider häufig – ihre Tollpatschigkeit wurde ja bereits erwähnt – darin endeten, dass sie, statt sich an den bewundernden Ausrufen der Weiberschaft erfreuen zu können, sich auf dem Boden, nach hartem Aufprall, unter dem dichten Blattwerk beschämt vor dem schallenden Gelächter ihrer Artgenossen verstecken mussten.

Oft konnte man auch beobachten, dass die Weibchen, wenn sie mit einem Arm an einem Ast hingen und gleichzeitig einen Apfel verspeisten, die Frucht lieber fallen ließen, um sich um einen aufkommenden Juckreiz zu kümmern. Von den Männchen hingegen vernahm man regelmäßig einen überraschten Aufschrei, während sie die Frucht in der einen Hand haltend, und mit der anderen das Hinterteil kratzend, in die Tiefe stürzten.

Deshalb vermieden die Männchen es, wenn möglich, auf die Bäume zu klettern und durchstreiften lieber das Dickicht auf der Suche nach neuen Dingen, die sie miteinander kombinieren konnten.

Interessanterweise führte dies dazu, dass die Ur-Gru irgendwann fast gänzlich am Boden lebten. Denn die Weibchen, auch wenn sie es niemals zugegeben hätten, hatten die Männchen nämlich schrecklich doll gerne. Und wenn sie von ihnen längere Zeit getrennt waren, ging es ihnen nicht wirklich gut. Also beschlossen auch die Weibchen, von den Bäumen herunterzusteigen und auf dem Boden zu leben, damit sie mehr Zeit mit den Männchen verbringen konnten.

Überhaupt war das ganze Ur-Gru-sche Zusammenleben sehr harmonisch. Konflikte gab es kaum. Die Ur-Gru gingen lieber zuvorkommend und freimütig mit den anderen um. Gab es doch einmal eine größere Rangelei, so wurde diese üblicherweise durch anschließende Kuscheleinheiten aus der Welt geschafft. Die Ur-Gru vertrugen sich unglaublich gerne, ja sie hatten sogar eine überschwängliche Freude daran, und Harmonie bildete einen der grundlegendsten Aspekte ihres sozialen Zusammenlebens. Es war ihnen wichtiger ein harmonisches Umfeld zu schaffen, als auf ihr eigenes Recht zu beharren.

Da sie von Natur aus wenig Drang verspürten, immer Recht haben zu wollen, sich hervorzutun oder auf andere Weise zu profilieren, gab es auch keine wirkliche Rangordnung zwischen den Mitgliedern einer Gruppe. Die Jüngeren schauten oft zu den Älteren auf, weil sie schon viel gesehen und probiert hatten und man viel von ihnen lernen konnte. Ansonsten waren sie alle gleich. Sie lebten quasi in einer Art riesigem Familienverband.

Die Kindererziehung teilten die Ur-Gru zu gleichen Teilen zwischen Männchen und Weibchen auf, wobei es üblich war, dass die Weibchen dem Nachwuchs das Klettern beibrachten, während sich die Männchen eher darauf konzentrierten ihr Wissen über »*Alles was man mit drei Armen anstellen könnte, wenn man denn welche hätte*« an die nächste Generation weiterzugeben. Abgesehen davon übernahmen sie alle anderen elterlichen Pflichten gemeinsam und bereiteten ihre Jungen zusammen auf das große Abenteuer des Lebens vor. Für einen Ur-Gru bestand dieses Abenteuer hauptsächlich darin, neue Entdeckungen zu machen.

So verbesserten sich die Ur-Gru von Generation zu Generation. Sie fanden heraus, dass ein geschwollener Fuß, der wieder einmal mit einem am Boden liegenden Stein kollidiert war, besser heilte, wenn man ihn in kaltes Flusswasser hielt. Aus Blättern konnte man Dächer bauen, die einem vor Regen schützten. Und die Äste ließen sich als vortreffliche Jagdinstrumente nutzen. Sie lernten sogar, um die Steine, an denen sie sich immer wieder die Füße stießen, einen großen Bogen zu machen.

Sie verwerteten und formten ihre Umgebung und verwendeten dafür alles, was ihnen sinnvoll erschien. Mit jeder Generation wuchsen Wissen und Erfahrung, und aus den *Ur-Gru* wurden die *Ur-Gruh*, die sich zu den *Gruuh* entwickelten, aus denen schlussendlich die *Gruuhk* hervorgingen.

Auf diesem langen Weg, der mehrere Millionen Jahre dauerte, wurde aus den einstigen Baumbewohnern ein Volk von Hüttenbauern, die sich in Hausbauer verwandelten, welche dann anfingen Dörfer zu bilden, die sie zu Städten ausbauten, bis sich ganze Zivilisationen von Gruuhks über den Planeten erstreckten.

Körperlich gab es im Laufe dieser Entwicklung kaum sichtbare Veränderungen. Nur an Körpergröße legten sie etwas zu. Sie überragten ihre Ur-Gru-Vorfahren jetzt um ungefähr eineinhalb Meter. Einige wenige, hauptsächlich männliche Vertreter der Gruuhk-Spezies, hatten sich sogar einen dritten Arm wachsen lassen. Auch ihr Fell hatten sie nicht abgelegt, sie fanden es einfach viel zu kuschelig.

Ihr Intellekt war in gleichem Maße wie ihre Geschicklichkeit gewachsen, und sie hatten sich eine nahezu perfekte Umgebung geschaffen. Mit der Natur lebten sie im Einklang, denn sie schätzten das Leben jeglicher Kreatur sehr hoch ein. Wie vor Millionen von Jahren ernährten sie sich nur von dem, was sie benötigten. Völlerei, Raubbau, sinnlose Massenproduktion waren ihnen gänzlich fremd, und somit unterschieden sie sich erheblich von den meisten Kulturen, die auf anderen Planeten in dieser und entfernten Galaxien entstanden waren.

Nur eines trieb sie unermüdlich um, und das lag nicht nur an dem in ihren Genen beheimateten Drang sich immer verbessern zu wollen. Es war die Frage nach dem Sinn. Die Frage nach dem Grund für ihre Existenz. Die Frage nach dem großen *Warum*.

Einem jeden von ihnen, egal ob Mann oder Frau, Greis oder Kind, wohnte diese Frage inne. Es fühlte sich für sie an, als wenn sie irgendwann im Laufe ihrer Evolution bereits die Antwort auf diese Frage gekannt hatten. Und es nagte an ihnen, noch schlimmer als ihr Trieb immer neue Sachen erfinden zu müssen, dass sie nicht auf die Lösung kamen.

So verwunderte es auch nicht, dass die Gruuhks einen überdurchschnittlich hohen Anteil an Philosophen, Dichtern und Denkern hervorbrachten. Neben den immerwährenden Fortschritten in den übrigen Wissenschaften, rätselten und knobelten ganze Forschungsinstitute an der Antwort auf die *Große Frage*.

Es geschah an jenem Tag, an dem unsere kleine Geschichte begann. Ein junger Gruuhk-Forscher namens Kaahl war zeitig in aller Frühe aufgestanden. Er hatte ein spartanisches Frühstück genossen und war dann aus der Wohnung gestürmt, um so schnell wie möglich in sein Forschungsinstitut zu gelangen. Heute war ein großer Tag für ihn. Nein, heute war *der* Tag.

In den letzten drei Wochen hatte er alles fieberhaft überprüft und kontrolliert. Jede einzelne Schraube nachgezogen, jede Steckverbindung begutachtet, jede Schweißnaht abgeklopft. Nichts wollte er dem Zufall überlassen.

Wie alle Gruuhks umtrieb ihn die Suche nach der Antwort – der Antwort auf die Frage nach dem Sinn. Fast sein gesamtes Leben hatte er danach geforscht. Schon als kleiner Junge lies es ihn nicht los. Oft hatte er des Nachts von seinem Bettchen aus in den Sternenhimmel geblickt, vollends überzeugt, die Antwort läge irgendwo da draußen.

In einer dieser Nächte beschloss er, dass er sein Leben der Erforschung dieser Frage widmen würde. Und das tat er auch.

Genau wie dieser kleine Junge hatte er eines Tages vom Dach seines Forschungsinstituts aus in den Nachthimmel geschaut, als ihm plötzlich eine erhellende Idee kam. Die Sterne funkelten und blitzten, und er zog gedanklich Linien zwischen den Gestirnen, um die verschiedenen Sternbilder zu sehen. Er sah den *Großen Baum*, das *Aufgeklappte Buch*, den *Dreiarmigen Philosophen* und viele andere, die er schon seit seiner Kindheit kannte, und die sich jede Nacht unverändert aufs Neue zeigten.

Während er unsichtbare Striche zwischen den funkelnden Punkten malte, kam ihm plötzlich ein Gedanke. Jeder Gruuhk hatte sich bis jetzt vergeblich bemüht das Rätsel zu knacken. Vielleicht, so dachte er sich, könne ein Individuum das Problem gar nicht alleine lösen. Vielleicht bräuchte man alle zusammen.

Damals, in jener Nacht, beschloss er, eine Maschine zu bauen, die alle Gruuhks miteinander verbinden könnte – ein kollektiver Geist, millionenfach intelligenter als jeder einzelne von ihnen.

Gleich am nächsten Tag begann er mit den Plänen. Da er nicht über ausreichende finanzielle Mittel verfügte, wandte er sich mit seinem Plan an alle, die er kannte. Er hielt damit nicht hinter dem Berg oder verheimlichte sein Tun, denn er war – wie alle anderen Gruuhks – nicht auf Lobhudeleien aus. Hier ging es schließlich darum ein für alle Mal die *Große Frage* zu beantworten.

Schnell verbreitete sich die Idee des jungen Forschers über den gesamten Planeten, so bahnbrechend, revolutionär, einfach gigantisch klang sie. Einen derart grandiosen Einfall hatte es auf dem kleinen Planeten nicht mehr gegeben, seit vor mehreren Milliarden Jahren einige Zellen beschlossen hatten, dass es viel zu langweilig sei, alleine durch den Ozean zu treiben.

Die Welt der Gruuhks war begeistert. Endlich schien man der Antwort zum Greifen nahe. Unzählige Unterstützer fanden sich, um das Projekt nach vorne zu treiben. Staatsoberhäupter verlegten Forschungsetats, private Investoren und Milliardäre spendeten große Teile ihrer Vermögen. Forscher, Techniker, Handwerker aus allen Regionen des kleinen Planeten halfen mit Erfahrung, Wissen und Fähigkeiten. Es war das größte Projekt, das die Gruuhks jemals in Angriff genommen hatten.

Zwei Jahre planten, tüftelten und bauten sie unermüdlich unter der Leitung des jungen Wissenschaftlers. Dann kam endlich der ersehnte Tag. Der Tag, an dem er nach einem spartanischen Frühstück in sein Labor geeilt war, um noch einmal jede Schraube der großen Maschine zu überprüfen.

Nun war es soweit. Er stand vor der riesigen Apparatur, die alles verändern sollte. Hunderte Gruuhks drängten sich in der gewaltigen Halle. Tausende standen davor und blickten auf große Leinwände. Millionen verfolgten das Spektakel an den heimischen Bildbetrachtern.

Der junge Forscher stand vor der blinkenden Schalttafel, die Teil der Apparatur war. Kameras waren auf ihn gerichtet. Scheinwerfer strahlten so hell, dass ihm Schweißperlen über das Gesicht liefen. Doch er ließ sich davon nicht abbringen. Sein Blick fixierte sich einzig auf den runden Knopf neben seiner Hand. Auf der glatten Oberfläche eben jenes Knopfes war die stilisierte Darstellung eines fröhlich grinsenden Gruuhk-Gesichtes abgebildet. Nur ein kleiner Druck und sie würden die Antwort auf die Frage erhalten. Die Frage, die sie seit Generationen umtrieb. Ein großer Moment in der Geschichte der Gruuhks, wenn nicht sogar der größte.

Der kleine Gruuhk-Forscher schaute ehrfürchtig auf den gelben Knopf. Er atmete tief ein und drückte den Auslöser nach unten …

Als der letzte Guuhk starb, war es vorbei, einfach vorbei. Die Maschine hatte funktioniert. Oh ja, das hatte sie. Alle Gruuhks wurden auf einmal zu einem kollektiven Strom aus Gedanken verbunden. Alle waren sie plötzlich eins.

Ja, sie hatte funktioniert. Aber nur für einen kurzen Augenblick. Dann entschied sich eine kalte Lötstelle, noch kälter zu werden, und weigerte sich dann gänzlich noch weiter Strom durch sich hindurchfließen zu lassen. Das führte zur Überlastung der umliegenden Systeme, was eine Kettenreaktion auslöste, die zu einem unkontrollierten Leistungsanstieg im Hauptaggregat und zur Explosion des Reaktorkerns führte.

Das Loch, welches die Explosion riss, war nicht weniger klein, als der Krater, den der Aufprall des Kometen verursacht hatte, der das Leben vor vielen Millionen Jahren auf den kleinen Planeten brachte. Alles innerhalb des Kraters wurde auf der Stelle ausgelöscht. Doch leider blieb es nicht dabei. Das zerebrale Echo der Explosion übertrug sich durch einen letzten Impuls der *Großen Maschine* über den gesamten Planeten und traf einen jeden Gruuhk mit der gleichen tödlichen Wucht. Und so fielen sie einfach um, sackten in sich zusammen und standen nie wieder auf.

Am letzten Tag stand alles ganz still. Ruhig und friedlich, so als sei nie etwas gewesen. Der kleine Planet war traurig, denn die niedlichen Gruuhks waren ihm irgendwie ans Herz gewachsen, und es schmerzte ihn, dass sie so viel Zeit damit verbrachten, nach dem Sinn in ihrem Leben zu suchen, obwohl die Antwort schon immer vor ihrer gnubblig behaarten Nase gelegen hatte. Aber er wusste, dass eines Tages wieder Kreaturen entstehen würden, die den Gruuhks sehr ähnlich wären. Denn das Leben fand immer einen Weg sich weiter und weiter zu entwickeln. Und vielleicht, so hoffte der kleine Planet, würden sie diesmal etwas schlauer sein.

Die Autofahrt

Es war so dunkel geworden, dass er die Scheinwerfer einschaltete. Er war spät dran und hatte sich entschieden den linken Fahrstreifen der zweispurigen Autobahn zu nutzen.

Die Fahrt dauerte nun schon drei Stunden, gut die Hälfte lag schon hinter ihm, und er hoffte noch vor Mitternacht anzukommen. Das würde aber nur klappen, wenn er von jetzt an Bleifuß gab. Die zweiunddreißig Kilometer lange Baustelle, die ihn zwang auf 90 Stundenkilometer runterzubremsen – um die Strafe für überhöhte Geschwindigkeit wenigstens etwas zu minimieren – hatte ihn einen guten Teil der Zeit gekostet. Die musste er jetzt wieder rausholen.

Doch es sah gut aus. Die Autobahn war frei, und der Verkehrsfunk meldete keine weiteren Behinderungen auf seiner Strecke. Die Navigationshilfe verkündete, dass er noch vor der Geisterstunde ankommen würde. *23:57 Uhr* offenbarte es in blassblauen Buchstaben.

23:57 Uhr, das würde er doch unterbieten können. Herausforderung angenommen!

Er trat aufs Gaspedal. Der Motor heulte auf. Trotz der bereits hohen Geschwindigkeit, drückte der Schub ihn in die Sitze. Er hatte sich nicht ohne Grund den Dienstwagen mit der stärksten Motorisierung ausgesucht. Farbe und Marke interessierten ihn nicht. Auf Leistung kam es an. PS, Drehmoment, Beschleunigung. Von null auf hundert in ... Ach, egal, Hauptsache schneller als die anderen. Darauf kam es an, denn je schneller er war, desto schneller kam er an, und desto schneller konnte er weitere Aufgaben erledigen. Und hin und wieder einen halbstarken Lackaffen im überteuerten Sportwagen platt zu machen, war zusätzlich ein schöner Nebeneffekt und eine Herausforderung, die er nur zu gerne annahm.

Eine *Herausforderung*, da war es wieder. Irgendwie zog sich das wie ein roter Faden durch sein Leben. Wenn es darum ging sich mit jemandem zu messen, duckte er nie. Am liebsten forderte er sich selbst heraus. Und er war gut darin. Im Privaten, auf Arbeit, überall hatte er den Ruf alles zu schaffen, was er sich vornahm. Er badete nur zu gern in diesem Ruhm. Besonders, weil er ihm zuzufliegen schien.

Natürlich hatte er ab und zu härter arbeiten müssen, doch vieles hatte sich von alleine gefügt. Karriere, Beförderungen, Geld. Er hätte es wahrlich schwerer im Leben haben können. Aber wieso eigentlich? Sollen sich doch die anderen quälen. So lange er Glück hatte, wollte er das auch auskosten.

Die Leitpfosten schossen an ihm vorbei. Wie die Augen eines wilden Tieres blitzten sie auf, wenn das Licht der Scheinwerfer auf die orangenen Reflektoren traf.

Zipp, zipp, zipp. Der Abstand betrug weniger als eine Sekunde. In der Ferne tauchten zwei kleine rote Punkte auf.

Zipp, zipp, zipp und schon konnte er die Rücklichter auf der rechten Spur deutlich erkennen. Das Fahrzeug vor ihm fuhr auf die kurz zuvor auf einem Schild angekündigte Brücke.

Wenige Augenblicke später hatte er die Distanz zum vorausfahrenden Wagen soweit reduziert, dass er ihn als Lkw erkennen konnte. Den Auflieger überspannte eine blaue Plane, auf der irgendein belangloser Werbespruch klebte. Es interessierte ihn auch nicht, denn er war immun gegen plumpe Werbebotschaften.

Der Lastkraftwagen rollte mit ruhiger Geschwindigkeit durch die Nacht. Auf der Mitte der Brücke hatte er ihn fast erreicht. Obwohl der Zwölftonner seiner Sportlimousine nicht wirklich das Wasser reichen konnte, freute er sich über den nahen ›Sieg‹. Er genoss einfach jeden Triumph, selbst einen leicht verdienten.

Gewinnen gehörte seit jeher zu seinem Leben. Bereits früh in der Schule zählte er zu den Leistungsstärksten. Kaum ein Fach, in dem er nicht glänzen konnte. Wenn es eine Herausforderung gab, dann nahm er sich ihrer an, zumindest wenn er wusste, dass eine Niederlage höchst unwahrscheinlich war. Selbst dann, wenn er am eigentlichen Gewinn kein Interesse hatte. Beispielsweise ließ er sich nur zur Wahl des Klassensprechers aufstellen, weil sein Kontrahent, den er obendrein auch nicht mochte, diesen Posten sonst aufgrund mangelnder Gegenkandidatur bekommen hätte. Andere zu bezwingen, besser sein, das trieb ihn an, das war seine Motivation. Er liebte dieses Gefühl der Macht.

Auf der Mitte der Brücke hatte er ihn erreicht. Einen Wimpernschlag noch, dann würde er an ihm vorbei ziehen. Er blinzelte.

Genau in diesem Moment traf ein heftiger Schlag sein Auto von der rechten Seite. Es war ein gewaltiger Hieb, der ihn vollkommen unerwartet erwischte. *Bäm!* Das Lenkrad in seinen Händen setzte sich eigenmächtig in Bewegung und drehte nach links. Nicht weit, nur ein Stück, doch das reichte, um den Wagen aus der Spur zu lenken. Im Licht der Scheinwerfer blitzte die Leitplanke auf, bedrohlich und nah. Er reagierte instinktiv, riss das Lenkrad in die entgegengesetzte Richtung, weg von dem grauen Stahlband. Der Wagen reagierte unverzüglich, sogar etwas mehr, als ihm lieb war. Er zog über die gestrichelte Begrenzung zur anderen Fahrspur. Wieder steuerte er gegen, diesmal etwas zaghafter. Der Wagen schlingerte noch zweimal hin und her, bis er die Kontrolle wiedererlangt hatte und das Gefährt geradeaus lenken konnte.

Was für ein Schreck! Sein Herz schlug ihm bis zum Hals. Wummerte, als würde es in seiner Angst aus der Brust herausspringen und einfach weglaufen wollen. Was war da passiert? Sein Hirn durchforstete alle erdenklichen Alternativen. Ein Tier auf der Fahrbahn? Nein, dann hätte er den Aufprall anders gespürt. Reifen geplatzt? Unwahrscheinlich, der Wagen ließ sich ja wieder sanft und fehlerfrei steuern.

Letztendlich kam er zu dem Schluss, dass ihn vermutlich eine Windböe auf der Brücke erfasst hatte, als er aus dem Windschatten des Lkw herausgeschossen kam. Ja, das schien am wahrscheinlichsten und schloss einen Fahrfehler aus. Nicht sein Fehler. Das war das Wichtigste.

Der Schreck saß ihm trotzdem in den Knochen. Wenigstens war er wieder wach. Das Adrenalin hatte sich schlagartig in seinem Blut ausgebreitet und ihm womöglich das Leben gerettet. Sonst hätte er mit Sicherheit nicht so schnell reagieren können. Glück gehabt!

Er atmete noch einmal tief durch und schaute in den Rückspiegel. Hinter ihm erstreckte sich die stockfinstere Dunkelheit der unbeleuchteten Autobahn. Die Lichter des Lkw waren nicht mehr zu sehen. Auch vor ihm fuhren keine weiteren Fahrzeuge. Das war ihm nach dem Beinahezusammenstoß von eben auch ganz lieb. So konnte er sich ausschließlich auf die Fahrbahn konzentrieren.

»*Fahren Sie für 32 Kilometer weiter in Fahrtrichtung*«, ertönte eine freundliche Frauenstimme aus dem kleinen Lautsprecher des Navis.

Er blickte flüchtig auf das Display, das schon seit einer Weile den dunkelblauen Nachtmodus anzeigte, und konnte außer der orangenen Linie, die ihm den Weg wies, nicht viel erkennen. Da war er mal wieder mitten im Nirgendwo gelandet, dachte er sich. Irgendwo in der Pampa, wo sich Fuchs und Igel gute Nacht sagten. Wo man nicht einmal tot über irgendeinem, vermutlich sehr modrigen und halb zerfallenen, Zaun hängen möchte. Zumindest er nicht. Nur gut, dass eben gerade nichts passiert war. Hier in dieser verlassenen Gegend hätte er womöglich Stunden auf einen Abschleppwagen gewartet. Und höchstwahrscheinlich wäre er gezwungen gewesen in einer runtergekommenen Kaschemme zu übernachten, bis er sich am nächsten Tag in irgend so einem Hinterweltlernest auf die Suche nach einem Mietwagen hätte begeben können. Er brauchte zwar nicht mehr lange zu seinem Termin, doch ihm wäre einige Vorbereitungszeit verloren gegangen. Nicht, dass er sie wirklich benötigt hätte – er war ein routinierter Verkäufer, mit dreißig Jahren Berufserfahrung, der Beste der Firma – aber noch einmal kurz die Unterlagen zu überfliegen, bevor er auf einen potentiellen Käufer traf, beruhigte ihn vor größeren Aufträgen.

Gut also, dass ihn nur noch wenige Stunden von seinem Hotelzimmer trennten. Er freute sich schon auf das King-Size Bett und einen guten Schluck Whiskey vor dem Einschlafen, ebenso wie auf das ausgiebige Bad mit Schampus im Whirlpool, nachdem er den Kunden zum Abschluss des Vertrages bewegt hatte. Er hatte sich extra dafür eine entsprechende Suite buchen lassen und damit das Spesenkonto *gewöhnlicher* Mitarbeiter weit überzogen. Doch bei einem zu erwartenden sechsstelligen Deal, den er am morgigen Tag abschließen würde, durfte er auch gerne einmal die Reisekostenabrechnung sprengen – mit Segen der Geschäftsführung. Den Luxus hatte er sich erarbeitet. Er war nicht ohne Grund der Top-Verkäufer in seinem Unternehmen. Er wusste, wie man Geschäfte abschloss und trug maßgeblich zum Firmenerfolg bei. Einer der Gründe, warum er zahlreiche Freiheiten genoss.

Er blickte auf seine Armbanduhr und verglich die aktuelle Uhrzeit mit der vorausberechneten Ankunft. Knappe zweieinhalb Stunden trennten ihn noch vom verdienten Schlaf.

Dann sah er wieder auf die Armbanduhr, nicht, um noch einmal die Zeit zu prüfen, sondern um sich an ihrer puren Existenz zu erfreuen. Er hatte sie sich selbst zum fünfzigsten Geburtstag geschenkt. Da er davon ausging, dass er den Tag eh allein verbringen würde, wollte er sich eine Freude machen und war spontan zum Juwelier an der nächsten Ecke gegangen, um sich etwas Besonderes zu gönnen.

Im Nachhinein konnte er gar nicht mehr sagen, ob es das Design war oder die Tatsache, dass er damit angeben konnte eine Uhr zu besitzen, die mehr kostete, als viele in einem Monat verdienten, was ihn zur Kaufentscheidung bewogen hatte. Doch jetzt, als er sie im schwachen Licht der Armaturen betrachtete, dachte er sich, dass es wohl Letzeres gewesen sein musste. Schließlich brauchte er ja auch ein nach außen deutlich sichtbares Erkennungsmerkmal seines Erfolges. Wozu der ganze Aufwand, wenn andere ihn nicht darum beneideten? So etwas musste man auskosten. Der Sieger der Tour de France schlich sich ja auch nie klammheimlich in aller Bescheidenheit davon, sondern genoss es von allen bejubelt auf das höchste der drei Treppchen zu steigen und über die Verlierer auf den Plätzen zwei und drei wie ein erhabener Herrscher zu triumphieren – die Goldmedaille nach oben streckend, unerreichbar für alle anderen. Der Chronograph war *seine* Goldmedaille, die er gerne gut sichtbar am linken Handgelenk trug.

Er steuerte den Wagen weiter durch die dunkle Nacht. Die Sterne lagen hinter einer undurchsichtigen Wand verborgen, und auch der Mond war nicht zu sehen. Einzig die beiden Xenon Scheinwerfer der Limousine drängten die Dunkelheit zurück.

Am rechten Fahrbahnrand huschte eine Werbetafel an ihm vorbei. »Runter vom Gas!«, las er noch aus den Augenwinkeln. Das Foto darunter konnte er nicht mehr erkennen, dafür war es zu schnell an ihm vorbei gezogen, aber er vermutete, dass es eines dieser abschreckenden Bilder zeigte, wie sie auch auf Zigarettenpackungen zu finden sind.

Er schmunzelte in sich hinein und trat das Gaspedal weiter durch. Der Motor heulte kurz auf, als die Maschine ihre Leistung erhöhte. »Runter vom Gas«, pah!

Auf Kommandos anderer hatte er nie wirklich reagiert. Warum sich etwas vorschreiben lassen? Er war ein guter Fahrer, hatte in den 35 Jahren, die er nun hinter dem Steuer saß, nur einen kleinen Unfall gehabt – ein harmloser Blechschaden, nicht der Rede wert. Und was sollte hier schon passieren? Die mittlerweile auf drei Spuren angewachsene Autobahn ließ sich gut überblicken, er fuhr hier allein, der Wald zu beiden Seiten war mit Zäunen abgesperrt, um das Wild von der Fahrbahn fernzuhalten, sein Fahrzeug verfügte über ein Sicherheitssystem gegen platzende Reifen. Ein Unfall erschien ihm so wahrscheinlich wie ein Lottogewinn.

Trotzdem schaltete er das Fernlicht ein. Etwas mehr Sicht könne sicherlich nicht schaden, dachte er sich. Die Nacht wurde fast zum Tag, so weit strahlte das weiße, grelle Licht. Er stutzte kurz, denn derart hell hatte er es gar nicht in Erinnerung, dann lachte er erfreut und lobte sich selbst. Offensichtlich hatte er den perfekten Wagen ausgesucht. Wieder etwas richtig gemacht!

Neben dem Begrenzungsstreifen tauchte in einiger Entfernung eine weitere Werbetafel auf. Durch das zusätzliche Licht der Fernscheinwerfer hatte er nun mehr Zeit, um das Plakat zu betrachten. Erst erschien es nur wie eine bunte Fläche, doch je näher er kam, desto mehr trennten sich die farbigen Flecken voneinander, bildeten Strukturen und Kanten, bis er klare Formen – Buchstaben, Bilder, Grafiken – erkennen konnte.

»Kaufen Sie jetzt! Der Preis ist heiß!«, prangte gewaltig die Überschrift. Darunter klebten zwei Bilder.

Auf dem Ersten sah er die aufgehübschte Außenansicht eines zweistöckigen Einfamilienhauses. Der Garten wirkte gepflegt. Entweder hatte man ihn für die Aufnahme hergerichtet oder der Besitzer beschäftigte regelmäßig einen Gärtner, so sauber waren der Rasen und die Büsche geschnitten, so ordentlich die Beete angelegt. Die dunkelrote Fassade setzte sich in passendem Kontrast von dem klaren Weiß der Fenster und der Terrassentür ab. Einige anthrazitfarbige Gartenmöbel standen auf der Veranda, exakt zueinander ausgerichtet.

Das zweite Bild – der Grundriss der beiden Etagen und des Kellers – zeigte einen typischen schwarz/weiß Lageplan, auf dem man aus dieser Entfernung nicht viel erkennen, sondern nur grob die Aufteilung der einzelnen Räume erahnen konnte.

Als er die Werbung sah, stieß er kurz einen heiteren Lacher aus. Das Haus hatte verblüffende Ähnlichkeit mit einem seiner Ferienhäuser, das er vor zwei Jahren als Anlageobjekt gekauft hatte.

Damals hatte ihm der Makler versichert, dass es ein Unikat sei, da der wohl etwas spleenige Architekt niemals zweimal dasselbe Haus entwerfen würde.

Ha! Da hatte offensichtlich jemand jemanden kräftig verarscht. Entweder der Architekt den Makler oder der Makler *ihn*. Er tippte auf den Makler, der ihm damit ein paar Tausender mehr aus der Tasche locken konnte.

Die Exklusivität ließ er sich seinerzeit gerne etwas kosten. Dass kein anderer ein vergleichbares Haus besitzen würde, genau das hatte ihn gereizt. Und es störte ihn gerade nicht, dass dies ganz augenscheinlich nicht stimmte. Er hatte das Haus eh nur gekauft, damit er sein Vermögen teilweise umverlagern konnte, um es vor der gefräßigen Inflation zu schützen.

Und das Objekt lief gut. Er hatte eine Verwaltung eingesetzt, die sich um die Vermietung als Ferienwohnung kümmerte, und das Grundstück lag so gut, dass es monatlich ordentliche Beträge abwarf. Somit war es zu verschmerzen, dass es irgendwo noch ein zweites, vielleicht sogar noch weitere Häuser gab, die seinem ähnelten. Er empfand sogar so etwas wie anerkennenden Respekt für den schlitzohrigen Makler, hielt er sich doch selbst für einen gewieften Verkäufer, den niemand so schnell austrickste. Aber der Kollege hatte genau seine Schwachstelle gefunden und ausgenutzt – Exklusivität. Und er war ihm voll auf den Leim gegangen. Er grinste breit. Das würde ihm kein zweites Mal passieren.

Unter den Bildern stand noch ein weiterer Schriftzug: »Zwangsversteigerung! Schlagen sie jetzt zu!«

Abermals konnte er nicht verhindern, dass sich seine Mundwinkel nach oben schoben. Was für ein Zufall. Er selbst hatte das Haus als Zwangsversteigerungsobjekt erworben und dabei noch richtig Glück gehabt, denn das Haus war zum Zeitpunkt des Kaufes fast fertig gestellt, und er musste nicht mehr viel investieren, um die Immobilie komplett ausbauen zu lassen. Der eigentliche Bauherr hatte sich mit dem Projekt übernommen, was ihn letztendlich dazu zwang das Objekt zu verkaufen. Der Makler erzählte ihm damals irgendetwas von einem tragischen Schicksalsschlag des vorherigen Besitzers. Was der genaue Hintergrund war, hatte er schnell vergessen. Das interessierte ihn nicht. Menschen gewinnen, Menschen verlieren. Mitleid für andere gehörte nicht zu seinen Stärken. Und besonders nicht, wenn die Mauer der Anonymität ihn von diesen Menschen trennte. Jemand hatte verloren, jemand hatte gewonnen. Für ihn zählte nur eines – er stand auf der richtigen Seite. Soll doch jeder selbst für sein Glück sorgen.

Er überlegte, ob er sich ein weiteres Haus zulegen sollte. Immobilien liefen zurzeit unglaublich gut. Und vielleicht gab es dieses Haus tatsächlich nur zweimal, dann hätte er wieder seine Exklusivität. Er merkte sich das Logo des Maklerbüros und machte sich eine geistige Notiz, im Anschluss an die Dienstreise einmal nach dem Objekt zu suchen.

»*In fünfhundert Metern, an der Abfahrt, rechts abbiegen. Dann rechts halten. Danach biegen sie links ab!*«, weckte ihn die freundliche Frauenstimme aus den Gedanken.

Ohne es zu bemerken, hatte er die Geschwindigkeit reduziert, um das Bild genauer betrachten zu können. Der Tacho zeigte ungewöhnliche dreiundachtzig Stundenkilometer. Jetzt brauchte er auch nicht mehr beschleunigen und rollte quasi im Schneckentempo auf die Ausfahrt zu. Er kam bereits an der ersten Ankündigungsbake vorbei und konnte schon das blaue Pfeilschild mit der Aufschrift »Abfahrt« erkennen. Gewohnheitsmäßig setzte er den Blinker, auch wenn niemand sonst zu sehen war, und lenkte den Wagen über die gestrichelte Linie auf den Verzögerungsstreifen. Hinter der Ausfahrtsankündigung stand das gleiche Warnplakat, welches er vor wenigen Kilometern passiert hatte. »Runter vom Gas!«.

Jetzt blieb ihm genügend Zeit das dazugehörige Foto zu betrachten, während er von der Autobahn abfuhr. Es zeigte eine glückliche Familie – Vater, Mutter, Tochter, Sohn – und warnte mit den Worten »Den Kindern zu Liebe«. Seltsamerweise erinnerte der Mann ihn an seinen Vater. Kinn, Wangen, Augen, Stirn, wiesen eine verblüffende Ähnlichkeit mit seinem alten Herrn auf, oder mit ihm, denn er kam sehr nach seinem Vater – optisch wie auch charakterlich.

Er fuhr von der Autobahn ab und legte sich sanft in die halbkreisförmige Rechtskurve.

»Den Kindern zu Liebe«.

Kinder? Sowas hatte er nicht. Es juckte ihn schon wieder im rechten Fuß. Ganz offensichtlich gehörte er nicht zu der Zielgruppe, die dieses Warnschild zu adressieren versuchte. Der Gedanke aber ließ ihn nicht los, während er die Anweisung des Navis befolgte und vorsichtig links auf die Landstraße abbog.

Kinder, darüber hatte er schon lange nicht mehr nachgedacht. Eigentlich wollte er keine Kinder. Ein Kind kostet ein Einfamilienhaus, sagen die Leute. Gott, er würde keines seiner Häuser missen wollen. In ihnen steckte seine Altersvorsorge, zumindest ein Teil davon. Die Vorstellung, das alles für ein oder sogar mehrere Kinder zu opfern, gruselte ihn. Was, wenn er sein gesamtes Geld in die Erziehung von Kindern gesteckt hätte, mit denen er dann irgendwann kein einziges Wort mehr wechselte? *Ersparnisse adé* und *Hallo Altersarmut!* Nein, nicht mit ihm. Und überhaupt hatte er nie ernsthaft den Wunsch auf Nachwuchs verspürt. Na ja, außer einmal, vor ungefähr dreißig Jahren. Aber das war lange her. Wirklich lange.

Ohne dass er sich dagegen wehren konnte, erschienen plötzlich Bilder aus diesen längst vergessen Tagen und legten sich auf die gedankliche Mattscheibe vor seinen Augen.

Er war gerade zum Junior-Vertriebsleiter befördert worden, als er *sie* kennengelernt hatte. Die blauen Augen, lockiges blondes Haar. Er hatte sich sofort unsterblich in sie verliebt. Sicher, verliebt hatte er sich schon früher viele Male, und er hatte auch eine recht stolze Anzahl an Kurzzeitbeziehungen hinter sich, doch diesmal fühlte es sich gänzlich anders an. Ihn ergriffen Emotionen, die er bis dahin nicht gekannt hatte. Umso mehr überraschte es ihn, dass sie seine Gefühle erwiderte.

Sie verbrachten einen wunderschönen, heißen Sommer miteinander und kamen sich so nahe, dass sie bereits Pläne für die gemeinsame Zukunft schmiedeten. Zusammenziehen, Heirat, Hausbau, Nachwuchs. Sie überlegten sich sogar schon einen Namen für das Kind. Thommy, für einen Jungen, Jenny bei einem Mädchen. Den Mädchennamen hatte er beigesteuert. Jenny, die Kurzform von Jennifer, der Name seiner Großmutter.

Doch je mehr er in der Beziehung aufging, desto stärker vernachlässigte er seine Arbeit, erschien später im Büro, vergaß Termine. Sein Kopf drehte sich nur noch um das Glücklich sein. Eines Tages wurde er von seinem Vorgesetzten, nach einem Meeting, in dem er mehr durch geistige Abwesenheit als durch kreatives Zutun geglänzt hatte, in dessen Büro zitiert. Er hatte ihm unmissverständlich zu verstehen gegeben, dass seine Position auf dem Spiel stünde, wenn er das Problem nicht in den Griff bekäme. Eine Niederlage, das durfte nicht passieren. Er war gezwungen eine Entscheidung zu treffen und traf sie, für das, was ihm immer Sicherheit und Stabilität verliehen hatte – er entschied sich für seine Karriere.

Damals dachte er, er würde den schmerzhaften Anblick ihrer tränenreichen blauen Augen niemals vergessen, doch nach vielen Jahren und einer Unzahl flüchtiger Bekanntschaften, verlor sich dieses letzte Bild von ihr in einem verstaubten Winkel seines gedanklichen Archivs – bis heute. Seltsam.

Er schüttelte den Kopf, so als könne er die trüben Erinnerungen damit fortschütteln. Was sollte er auch grübeln? Er konnte es eh nicht mehr ändern. Und so wie es war, war es auch besser. Er liebte sein Leben.

Gut, zuweilen nagte die Einsamkeit etwas an ihm, aber dafür besaß er Geld, Anerkennung und zwei Geliebte. Mehr als die meisten Mittfünfziger hatten, die er kannte. Damit kam er gut zurecht.

»Folgen Sie dem Straßenverlauf für fünfzehn Kilometer«, erklang die freundliche Stimme wieder und schob schlagartig seine Gedanken beiseite.

Um ihn herum herrschte rabenschwarze Nacht. Hatte er noch auf der Autobahn das Gefühl der Weite genießen können, so engten nun von rechts und links Bäume sein Sichtfeld ein, welche die Landstraße flankierten. Obwohl die Nebelscheinwerfer nach vorne strahlten, kam es ihm vor, als ob ihr Licht von der dichten Bewachsung förmlich verschluckt würde. Ob er den richtigen Weg fuhr? Die orangene Linie auf dem Display des Navis schien zumindest dieser Meinung zu sein.

Er musste etwas mit den Augen kneisten. Die Müdigkeit fing langsam an, ihm zu schaffen zu machen. Er war sehr zeitig aufgestanden, um den Termin vorbereiten zu können, und hatte es zwischendurch nicht mehr geschafft sich etwas Ruhe zu gönnen. Zudem dauerte seine Reise schon seit weit über drei Stunden und die Dunkelheit nährte seinen Wunsch nach Schlaf. Er kniff für eine Sekunde seine Augen zu und rieb dann mit den Fingern über die Lider. Die Fahrt zehrte zunehmend an seinen Kräften.

Als die Schläfrigkeit nicht nachließ, öffnete er das Fenster auf der Fahrerseite. Nachtkalte Luft drang in den Wagen und breitete sich im Innenraum aus. Der kühle Luftzug erfrischte ihn und linderte das Brennen in den Augen. Er gönnte sich ein paar extra tiefe Atemzüge und spürte, wie die Müdigkeit sich langsam zurückzog. Doch nach einer Weile schlich sie sich wieder in den Körper und beschwerte die Glieder. Es half auch nicht, dass er die Allee und ihre Bäume hinter sich gelassen hatte und die Straße nun auf beiden Seiten von weiten Feldern begrenzt wurde. Wenn er heute noch ankommen wollte, dann brauchte er dringend einen Kaffee.

Als er gerade in seiner Navigationshilfe nach einem passenden Ort suchen wollte, an dem er etwas Koffein in flüssiger Form bekäme, erblickte er ein großes Schild. Eigentlich war es mehr eine Sammlung gebogener, bunt leuchtender Neonröhren. Es wirkte ein wenig, als erblicke er das Überbleibsel einer längst vergessenen Epoche. Das letzte Mal, dass er so etwas gesehen hatte, lag gut dreißig Jahre zurück. Es erinnerte ihn ein Stück weit an das Schild, das über dem Studentenclub hing, als er damals noch die Universität besucht hatte. Etwas surreal stand es da. Der einzige grelle Punkt, in der ihn ansonsten umgebenen Dunkelheit. Die Botschaft, die es verbreitete war einfach wie deutlich: »Kaffee, 2 km«

Zufälle gibt es, dachte er sich. Er fuhr durch die Nacht mit dem beruhigenden Gefühl, dass er in wenigen Minuten eine Pause einlegen können würde. Er sah auf das Display. Anstatt der Uhrzeit, die er versuchen wollte zu unterbieten, stand dort nur noch »Ankunft unbekannt«.

Seltsam, er verspürte gar nicht mehr den Wunsch, vor dem errechneten Ankunftszeitpunkt anzukommen. Einzig die Vorfreude auf eine gute Tasse Kaffee und eine Kleinigkeit zu essen, beseelte sein Gemüt.

Es knirschte unter den Rädern, als er von der asphaltierten Straße auf den mit Schotter bedeckten Parkplatz einbog. Vereinzelt standen dort schon ein paar Fahrzeuge, denen er aber keine weitere Beachtung schenkte. Hier in dieser Einöde war es schwer vorstellbar, dass Autos rumstanden, die seiner Klasse gerecht wurden.

Er parkte den Dienstwagen in der erstbesten Lücke. Die Scheinwerfer strahlten das kleine Wäldchen vor ihm an. Als er den Schlüssel im Zündschloss drehte und der schnurrende Motor leise seine Arbeitsgeräusche einstellte, erlosch auch das Scheinwerferlicht und ließ eine schwarze Wand vor seiner Windschutzscheibe zurück. Schon etwas gruselig.

Gut, dass das Gebäude hinter ihm nur wenige Meter entfernt war. Er beeilte sich, über den Schotterplatz zur kleinen Veranda zu kommen und die lackierte Holztür zu öffnen, durch die gedämpfte Musik aus dem Innenraum nach draußen drang.

Eine wohlige Wärme empfing ihn, als er den Rasthof betrat. Er hatte den Geruch von abgestandenen Sandwiches und ranzigem Frittenfett erwartet, so wie er es von den unzähligen Rasthöfen gewohnt war, die er auf seinen Dienstreisen besucht hatte, doch stattdessen umspielte der Duft von frischem Kaffee und selbstgemachtem Apfelstrudel seine Nase. Das seichte Licht durchflutete den Raum, obwohl es nicht in jede Ecke vordrang. Die etwas in die Jahre gekommene Inneneinrichtung erinnerte vom Stil her eher an ein gemütliches Familienrestaurant. Holzbalken stützten hier und da die Decke ab. Neben dem großen Tresen, der an der Stirnseite u-förmig im Raum stand, gab es verschiedene Tische und Sitznischen, an denen vereinzelt Menschen saßen. Stimmen drangen an sein Ohr, obgleich er keine Unterhaltung richtig verstehen konnte. Irgendwo aus dem Hintergrund dudelte ruhiger Slow-Jazz, was ein wenig Zwanziger Jahre Atmosphäre verbreitete. Hier fühlte er sich auf Anhieb wohl.

Er trat weiter in den Raum und setzte sich auf einen der Barhocker am Tresen. Dahinter stand eine junge Frau und trocknete gerade einige Gläser ab. Viel war hier in dem Laden nicht los.

»Einen Kaffee bitte«, sagte er und hoffte im selben Moment, dass er nicht zu schroff geklungen hatte. Er war wirklich etwas übermüdet und sein Körper schrie schon wie ein quengelndes Baby ungeduldig nach einer Erfrischung.

Die Bedienung drehte sich zu ihm um, stellte das Glas beiseite und sah ihn an. Sie hatte kräftige blonde Locken und ein freundliches Lächeln. Irgendwie kam sie ihm bekannt vor. Vermutlich ähnelte sie nur jemandem, den er kannte.

»Schwarz oder mit Milch?«, fragte sie.

»Schwarz«, antwortete er. Er trank ihn immer so.

Sie drehte sich wieder zurück, goss etwas Kaffee aus einer gläsernen Kanne, die auf einer Heizplatte stand, in einen Becher und schob ihm den weißen Porzellanpott rüber. Er nahm einen großen Schluck.

Verdammt, war der Kaffee gut. Nicht nur, dass er sich auf einen Schlag viel wacher fühlte, er hatte auch ein Aroma, dass er seit seinen Jugendtagen nicht mehr geschmeckt hatte. Es erinnerte ihn an die frühen Studienjahre, als er noch durchgängig knapp bei Kasse war und sich fast täglich bei seiner Mutter zum Mittag einlud. Zum Nachtisch gab es dann immer Kaffee und ein unglaublich gutes Stück selbstgemachten Kuchens oder Torte. Das waren schöne Zeiten gewesen. Er hatte lange nicht mehr daran gedacht.

Er nahm einen zweiten Schluck und schloss die Augen. Ja, wie bei Muttern! Beinahe saß er gedanklich wieder bei ihr auf dem Sofa und ließ sich wie ein kleiner Junge verwöhnen.

»Vielleicht noch ein Stück Kuchen dazu?«

Er sah sie an. Doch, irgendwoher kannte er sie, nur konnte er partout nicht einordnen woher. Sie lächelte ihn freundlich an und schien die Frage ohne Worte zu wiederholen.

»Oh, ja, gerne«, antwortete er, aus seinen Gedanken erwachend. Es war ihm unangenehm, sie angestarrt zu haben, doch sie schien das nicht zu stören oder ließ es sich zumindest nicht anmerken.

Der Kuchen schmeckte ebenso köstlich wie der Kaffee. Der Boden war weich und doch am unteren Rand leicht knusprig. Die Apfelstückchen rochen nach frisch gepflücktem Obst, und aus der Sahne konnte man die Liebe herausschmecken, mit der sie zubereitet war. Er schmeckte wie der Kuchen seiner Mutter, damals auf der kleinen Couch in diesem winzigen Zimmer. Himmlisch!

Er ließ den Bissen genüsslich auf der Zunge zergehen, um den vollen Geschmack auszukosten, bevor er mit der Gabel ein weiteres Stück in seinen Mund beförderte. Abermals machte er sich eine geistige Notiz. Diesmal, um sich daran zu erinnern, die Bedienung nach dem Rezept für den Kuchen zu fragen. Von seiner Mutter konnte er es nicht mehr bekommen, sie war schon seit Jahren tot.

Er schaute auf seine Uhr – schon weit nach eins. Langsam musste er sich beeilen, wenn er noch rechtzeitig ankommen wollte. Dann sah er die junge Bedienung wieder an. Jetzt fiel ihm ein, wieso sie ihm so bekannt vorkam. Sie ähnelte dem Mädchen auf dem Warnschild, das an der Abfahrt der Autobahn gestanden hatte. Das Schild, auf dem das Familienoberhaupt so verblüffende Ähnlichkeit mit seinem Vater, bzw. mit ihm gehabt hatte. Vermutlich war die Reklame von einer regionalen Agentur erstellt worden, und das Mädchen hinter dem Tresen hatte das Casting gewonnen. Oder, was wahrscheinlicher war, sie kannte irgendjemanden, der ihr den Job besorgt hatte. Das klang nach einer logischen Erklärung.

Und doch, sie erinnerte ihn noch an jemand anderen. Die Augen, die Locken. So ein bezauberndes Lächeln hatte er nur ein einziges Mal in seinem Leben gesehen. Damals, als…

»Wie ist dein Name?«, wollte er plötzlich wissen.

Sie deutete auf das kleine Namensschild über ihrer rechten Brust. Komisch, es war ihm vorher gar nicht aufgefallen.

»Jenny«, antwortete sie nur kurz.

Ein kalter Schauer lief ihm über den Rücken. Das Mädchen hatte so unglaublich starke Ähnlichkeit mit *ihr*. Und dann noch dieser Name. Von einem grausigen Gefühl im Nacken attackiert, zog er sein Portemonnaie, legte einen Zwanziger auf den Tresen und ging. Wechselgeld interessierte ihn nicht. Er wollte einfach nur weg von hier. Schnell weg.

»Gute Fahrt noch«, rief sie ihm hinterher. Ihre Stimme klang weder verwundert noch erbost. Sie klang friedlich und liebevoll.

Er stolperte fast über die Türschwelle, als er das Lokal verließ und über den Parkplatz zum Wagen eilte. Das alles verwirrte ihn. In Gedanken versunken, stieg er in sein Auto, schlug die Tür hinter sich zu und drehte den Schlüssel im Zündschloss um. Der Motor startete und die Scheinwerfer blendeten auf. Er trat die Kupplung, legte seine rechte Hand an den Schalthebel, schaute nach vorne – und erstarrte. Vor ihm, da wo sich vorher nur Wald erstreckte, stand wieder das Plakat mit der Aufschrift »Runter vom Gas!«. Es stand einfach da, direkt ihm gegenüber. Der Mann, die Frau, die Kinder. Er sah das Mädchen, das wie die Bedienung aus dem Lokal aussah. Ja, sie sah genau aus wie sie.

Sein Blick fiel auf den Vater. Graumelierte Haare, Stoppeln am Kinn und an den Wangen, tiefe braune Augen. Er betrachtete sich im Rückspiegel, verglich die offensichtlichen Merkmale. Verdammt, er sah ihm nicht nur ähnlich, er war ihm wie aus dem Gesicht geschnitten. Nein, das auf dem Foto, das war er. Er konnte es deutlich an der alten Narbe über dem linken Auge erkennen, die er sich beim Spielen als kleiner Junge zugezogen hatte. Seine Hände fingen an zu zittern.

Dann sah er auf die Mutter. Die blauen Augen, die lockigen, blonden Haare, das unverwechselbare Lächeln.

Es gab auf dem ganzen Planeten nur eine einzige Frau, die so aussah. Er würde sie unter Hunderten wiedererkennen.

Das Blut gefror in seinen Adern. Als er auf den Jungen blickte, setzte seine Atmung aus und sein Herz hörte für einen Moment auf zu schlagen, bevor es wild anfing zu klopfen und in panische Raserei zu verfallen. Der kleine Junge, dort auf dem Bild, mit seiner Familie, er trug eine Mütze. Blau mit rotem Schirm und einem Aufdruck. Einem Aufdruck, der von Hand aufgenäht worden war. Einem Aufdruck, der nur ein einziges Wort trug: *Thommy.*

Er legte den Rückwärtsgang ein und trat das Gaspedal durch. Mechanisch, panisch. Die Reifen quietschten. Schotter stob zu den Seiten. Die Gedanken im Kopf rotierten. Was hatte das alles zu bedeuten? Spielte ihm hier jemand einen üblen Streich? Hatten sich seine Kollegen diesen makabren Scherz ausgedacht? Doch wie hätten sie wissen können, dass er diesen Weg nahm? Und überhaupt, warum hatte sein Navi ihn hierher geführt? Hier in diese gottverdammte Einöde.

Aber er konnte es nicht leugnen. Das auf dem Bild war *sie.* Das auf dem Bild war *er.* Eindeutig. Und die Kinder, die ihnen so ähnlich sahen, trugen genau die Namen, die sie sich für ihren Nachwuchs ausgedacht hatten. Nein, das konnte kein Scherz sein. Niemand wusste, wie er seine Kinder nennen wollte. Das hatte er mit keinem außer *ihr* geteilt.

Er raste durch die Nacht. Gehetzt, als wäre irgendetwas hinter ihm her. Auf das Navi schaute er nicht. Irgendwo würde er schon wieder auf eine vernünftige Straße kommen, dann nach der nächsten Autobahn suchen und die letzten Kilometer zum Hotel so schnell wie möglich zurücklegen, damit er noch ein wenig Schlaf in dieser seltsamen Nacht bekam. Morgen musste er fit sein, um den großen Deal nicht zu vermasseln.

Er peitschte durch die Nacht, doch weit und breit gab es keine Abzweigung, kein Straßenschild, keinen Wegweiser. Er schaltete das Navi ein. Wie zuvor, zeigte es nur die Straße auf der er sich befand. Die Ankunftszeit konnte nicht errechnet werden.

Super, jetzt streikte auch noch dieses verdammte Ding. Und weder der Mond, noch die Sterne hingen am Himmel, so dass er sich an ihnen hätte orientieren können.

Er überlegte zu wenden, doch die Straße war mittlerweile so schmal geworden, dass er keine Chance sah zurückzukehren. Der Wald wuchs dicht zu beiden Seiten. Wenn er hier bei einem Wendemanöver in der Böschung landete, würde ihn kein Abschleppwagen der Welt herausziehen können. Wahrscheinlich würde man ihn nicht einmal finden, bevor seine Knochen von irgendwelchen Aasfressern blank genagt wurden. Also heizte er über die Straße in der Hoffnung, dass sich irgendwann ein Ausweg finden würde.

Nach einer Weile sah er ein Licht in der Ferne. Dort stand ein einsames Haus. Die Bewohner mussten noch wach sein. Vielleicht könnte er dort nach dem Weg fragen. Es gab eh keine andere Richtung, also steuerte er einfach weiter geradeaus.

Wenige Minuten später hielt er vor einem weißen Lattenzaun und stieg aus. Als er die Tür des Wagens schloss und sich die Umgebung näher betrachtete, kam ihm alles seltsam vertraut vor. Er erkannte das Haus. In diesen Wänden wurde er geboren, hatte er seine Jugend verbracht. Doch wie konnte das sein? Er hatte es vor vielen Jahren abreißen lassen und das Grundstück verkauft.

Er wollte damals alles hinter sich lassen. Das war Vergangenheit für ihn. Er hatte diesen Teil seines Lebens abgehakt. Der unscheinbare Junge vom Land. Der, der keine Perspektive hatte. Nein, nicht mit ihm! Erfolg, Geld, das waren seine Verlockungen, und so zog er in die Stadt und hatte alle alten Zelte abgebrochen. Ließ seine Familie hier zurück. Seine Mutter hatte er nach dem Tod des Vaters in eine Senioreneinrichtung gebracht, weil es doch viel zu anstrengend für sie sei, sich alleine um das Haus zu kümmern, so sein Argument. Er hatte eine der besseren Residenzen herausgesucht, zumindest machten die Hochglanzprospekte was her. Und sie lag nur einige Häuserblöcke von seiner Eigentumswohnung entfernt, damit er sie regelmäßig besuchen konnte. Natürlich war er selten da gewesen. Noch im selben Jahr hatte er das Familiengrundstück für einen ordentlichen Batzen Geld verkauft, an einen Investor, der in der Region Ferienwohnungen errichten lassen wollte.

Der unscheinbare Junge vom Land – der wollte er nie wieder sein. Doch jetzt, wo er vor dem weiß lackierten Tor stand, von dem schon die Farbe abblätterte, packte ihn Wehmut. Er bereute es in diesem Moment, das alte zweistöckige Haus mit dem kleinen Vorgarten dem Erdboden gleich gemacht zu haben. Seine Familie lebte hier so viele Jahre. Sein Ur-Großvater hatte das Fundament eigenhändig mit Hacke und Schaufel ausgehoben.

Gefühle überwältigten ihn, als er die bronzene Klinke herunterdrückte, die gar nicht hätte da sein dürfen. Erinnerungen an den übermütig tobenden Jungen, der sich mit einem Bogen aus einem Weidenast und etwas Angelsehne und einer Hühnerfeder im Haar hinter den Büschen versteckte, um feindliche Indianerdörfer auszuspähen. Als er die Treppe hinaufstieg, erkannte er die eigensinnige Melodie wieder, die dieses alte Konstrukt spielte, wenn man auf die Balken trat. Es fühlte sich alles so vertraut an.

Noch immer saß ihm diese merkwürdige Verwunderung im Nacken. Aber eine unsichtbare Hand drückte ihn behutsam weiter vorwärts und schob diese Grübeleien beiseite.

Er betrat das Haus durch die unverschlossene Eingangstür. Sogleich strömte ein aromatischer Geruch in die Nase. Es roch nach Torte und Würstchen. Er folgte den Düften und ging kurz darauf in das große Wohnzimmer. Und dort saß er – er selbst – als kleiner Junge, an dem alten Eichentisch, der mit leckeren Köstlichkeiten gedeckt war. Er konnte sein jüngeres Ich deutlich erkennen. Er lachte, scherzte mit den anderen Kindern. In der Mitte stand ein Kuchen, in dessen Deckschicht aus Zuckerguss acht Kerzen steckten. Die Jungen und Mädchen spielten irgendein Spiel, das er nicht wiedererkannte. Aber er sah die Freude und Ausgelassenheit in ihren Gesichtern. Er erinnerte sich an diesen Tag. Das war schon Ewigkeiten her gewesen. Die Szene verblasste und löste sich wie eine Fata Morgana vor seinen Augen auf.

Dann plötzlich erschienen zwei Gestalten zu seiner Linken, direkt neben dem rußigen Kamin. Er sah sich auf dem Boden hocken, nicht älter als zehn Jahre, während sein Großvater mit einer Pfeife im Mund vor ihm in einem grauen Ohrensessel saß und Geschichten von Tom Sawyer und Huckleberry Finn vorlas. Die neugierigen Augen des Jungen schienen jedes einzelne Wort aufzusaugen und in seiner Fantasie selbst in die fremden Abenteuer im Land des Mississippi einzutauchen.

Wieder verblasste die Szene und löste sich in Luft auf. Das dies alles unwirklich, unreal wirkte, diese Gedanken kamen ihm nicht mehr. Er spürte nur noch Emotionen.

Plötzlich flackerte Kerzenlicht in der kleinen Ecke unter dem großen Fenster auf. Es war das Licht von

Kerzen, die auf den Zweigen eines kräftigen Weihnachtsbaums steckten. Auch jetzt sah er die Bilder nur schemenhaft, wie transparente Geistererscheinungen. Er konnte durch das Geäst auf die Struktur der alten Tapete dahinter sehen. Kinder packten Geschenke aus. Ein Junge, ein Mädchen saßen dort. Als das Mädchen sich umdrehte, erkannte er sie sofort. Es war die Bedienung, Jenny, nur ein paar Jahre jünger. Ungefähr das Alter, dass sie auf dem Plakat hatte. Der kleine Junge, der neben ihr saß, spielte mit der blauroten Mütze, auf der sein Name stand.

Und dann sah er sie. Die einzige Frau, die ihm jemals etwas bedeutet hatte. Sie stand neben dem Baum und wechselte eine heruntergebrannte Kerze gegen eine frische aus. Dann drehte sie sich um – und lächelte ihn an. Jeder andere wäre vermutlich schreiend weggerannt. Das war alles so unwirklich. Aber er stand einfach nur da, wie in einer Art Trance. Es fühlte sich so schön, so richtig an. Wie eine Geschichte, die er nicht gelebt hatte. Wie eine Geschichte, die seine hätte sein können. Seine hätte sein sollen.

Mit dem bezaubernden Lächeln kam sie auf ihn zu. Die Locken wippten sanft im Rhythmus ihrer Schritte. Die blauen Augen strahlten.

Wortlos nahm sie seine Hand und geleitete ihn zur Tür, die hinaus in den Garten führte. Draußen war es hell, als er über die Schwelle schritt. Die Nacht hatte sich in einen strahlend schönen Sommertag verwandelt.

Es roch nach frischer, klarer Luft, gemischt mit dem Duft von nassem Heu und Wiesenblumen, so wie er es immer kurz nach einem heftigen Regenguss im Sommer riechen konnte, wenn er auf die Veranda der kleinen Hütte geeilt war, um gleich wieder in seinem Baumhaus zu verschwinden oder einfach auf der Schaukel, die an einem dicken Ast hing, die Friedlichkeit der Welt zu genießen.

Er ging hinaus in den Garten, spürte das frische Gras unter seinen Füßen und bemerkte, dass er seine Schuhe gar nicht mehr an hatte. Ein fast magisches Gefühl durchströmte ihn, als sich die nackten Sohlen nacheinander in den Boden gruben. Es fühlte sich beinahe an, als wäre er direkt mit der Erde verbunden. Er lief zur Schaukel und setzte sich auf das Brett. Dann fing er an, sich mit den Füßen vom Boden abzustoßen. Leicht und ausgelassen schwang er durch die Luft – vor, zurück, vor, zurück. Er hatte ganz vergessen, wie frei man sein konnte. Unbeschwert, von allen Sorgen gelöst. Er fühlte sich wie ein Kind und sah die Welt auch mit ebensolchen Augen.

Plötzlich gab es einen gewaltigen Knall. Eines der Schaukelseile war gerissen. Er stürzte und landete mit dem Kopf unsanft auf einer aus dem Boden ragenden Wurzel. Blut floss aus einer Wunde über dem linken Auge. Und kurz darauf setzte der Schmerz ein. Hilflos saß er am Boden und weinte, als er eine Hand auf seiner Schulter spürte. Er blickte auf und sah seine Mutter vor sich stehen. Erst war er sich unsicher, aber doch, sie war es, nur viel jünger als er sie in Erinnerung hatte. Sie hielt ein Pflaster in der Hand und noch eh er sich versah, hatte sie die Blessur versorgt. Dann tröstete sie ihn, nahm ihn in den Arm. So geborgen hatte er sich nicht mehr gefühlt seit … seit er damals als kleines Kind von der Schaukel gestürzt war.

Was auch immer hier geschah, er konnte sich all das nicht erklären. Aber er brauchte auch keine Erklärung dafür. Jetzt hier in diesem Moment empfand er nur Liebe und Sicherheit. Er wollte nicht mehr von hier weg. Dienstwagen, Designeranzüge, Abschlüsse, das alles hatte hier keine Bedeutung mehr für ihn.

Mit dem Handrücken wischte er sich die feuchten Tropfen aus den Augen und sah seine Mutter an. Wie hatte er sie vermisst. Schuld überkam ihn, weil er sich so wenig um sie gekümmert hatte. Schuld, weil er sie in ihren letzten Jahren kaum besucht hatte.

Sie sah ihn mit verständnisvollen Augen an, die zu sagen schienen: »Ist schon gut mein Junge. Ich weiß doch wie du bist.«

Er schaute auf seine Uhr. Die Zeiger waren verschwunden, das Ziffernblatt leer. Zeit interessierte nicht mehr.

Seine Mutter sah ihn an, wie nur eine Mutter ihr Kind anlächeln kann, dann zeigte sie auf den hellen Schein am Ende der Wiese und gab ihm einen letzten Kuss auf die Stirn.

Er lief los. Sprang über den kleinen Gartenzaun, hüpfte über das schmale Rinnsal dahinter, rannte über die Wiese, die dort lag. Er lief einfach weiter, halb Kind, halb Mann. Lief weiter voran, weiter auf das Licht zu. Alles war so friedlich. Die Last des Lebens war von ihm abgefallen. Er verspürte nicht mehr den Drang danach, von einem Erfolg zum nächsten zu jagen. Spürte nicht mehr den Zwang diese Leere in seinem Inneren mit Reichtum, Geld und vergänglichen Begierden ausfüllen zu müssen. Er war stolz auf sein Pflaster und wusste, dass egal wann und wo er sich auch verletzen würde, von jetzt an immer jemand da wäre, der ihn verarzten würde. Er ging weiter auf das Licht zu, bis es ihn ganz umhüllte. Es wärmte und spendete Geborgenheit. Er atmete die klare Luft ein, erlebte den Moment mit sorgenfreier Kindlichkeit – zwanglos, lebendig, behütet.

Plötzlich vernahm er eine Stimme. Sie klang freundlich, vertraut. Ihr weiblicher Klang ertönte beinahe melodiös in seinen Ohren. Eigentlich wusste er schon was sie sagen würde, noch bevor sie den Satz vollendet hatte. Nicht, weil er es erraten konnte, sondern weil er es fühlte. Weil er es voll und ganz fühlte.

»Sie haben ihr Ziel erreicht.«

–

Wenige Augenblicke später hatte er die Distanz zum vorausfahrenden Wagen soweit reduziert, dass er ihn als

Lkw erkennen konnte. Den Auflieger überspannte eine blaue Plane, auf der irgendein belangloser Werbespruch klebte. Auf der Mitte der Brücke hatte er ihn erreicht. Einen Wimpernschlag noch, dann würde er an ihm vorbei ziehen. Er blinzelte.

Genau in diesem Moment traf ein heftiger Schlag sein Auto von der rechten Seite. Es war ein gewaltiger Hieb, der ihn vollkommen unerwartet erwischte. Bäm! Das Lenkrad in seinen Händen, setzte sich eigenmächtig in Bewegung und drehte nach links. Nicht weit, nur ein Stück, doch das reichte, um den Wagen aus der Spur zu lenken. Im Licht der Scheinwerfer blitzte die Leitplanke auf, bedrohlich und nah. Er reagierte instinktiv, riss das Lenkrad in die andere Richtung, weg von dem grauen Stahlband. Zu spät. Der Wagen rammte bereits die Fahrbahnbegrenzung. Der Aufprall riss den vorderen linken Kotflügel ab, als bestünde er nur aus Papier. Durch die ruckhafte Bewegung am Lenkrad kippte der Wagen nach rechts und überschlug sich. Zweimal drehte er sich auf das Dach und wieder zurück, während er über die Fahrbahn schoss. Schließlich landete er kopfüber auf dem Boden und schlitterte funkensprühend über den Standstreifen hinaus. Erst ein am Rand stehender Baum stoppte den Unfall und brachte ihn zu einem abrupten Ende. Der auf dem Dach liegende Wagen war bis auf weniger als die Hälfte seiner ursprünglichen Länge zusammengequetscht. Zusammengequetscht zu einer tödlichen Falle, aus der niemand herausgekrabbelt kam. Hinter zerbrochenem Glas tickte das Uhrwerk einer beschädigten Designeruhr. Tick, tick. Dann wurde es still ...

Der Froschprinz

Es war einmal, vor langer, langer Zeit in einem weit entfernten Land, kurz hinter Niedlichgerode und nicht weit entfernt von Dreikäsehochhausen, da lebte in einem Schloss eine junge Prinzessin. Es war kein besonders großes Schloss, denn ihre Eltern, obwohl König und Königin, legten nicht den sonst in diesen Kreisen üblichen Wert auf Glanz und Glamour. Das Königspaar pflegte einen bescheidenen Lebensstil, erlegte ihren Untertanen nur wenige Steuern auf und ließ sie in Frieden leben.

Ihre Tochter war aus genau demselben Holz geschnitzt. Prunkvolle Kleider und ausschweifende Bälle gehörten nicht zu dem, was sie zum Glücklichsein benötigte. Sie erfreute sich eher an dem prachtvollen Garten, der direkt an der großen Schlossmauer blühte und gedieh.

Viele Stunden verbrachte sie täglich dort. Und das nicht, wie die meisten Prinzessinnen, selbstverliebt in einen Spiegel guckend, sondern mit Gartenarbeit. Denn einen Großteil der Beete hatte sie selbst angelegt und es war ihr eine Herzensangelegenheit sich um all die Pflanzen zu kümmern. Sie liebte die Farbenpracht der Lilien und Rosen und Azaleen und Tulpen und Nelken und Sonnenblumen und all der anderen Pflanzen, Kräuter und Sträucher, die in dem Garten wuchsen. So oft sie konnte, hegte und pflegte sie das Blumenmeer.

Es begab sich, dass eines schönen Tages, die Prinzessin in eben jenem Blumengarten gerade die Lilien versorgte, die an dem Ufer des kleinen angelegten Sees blühten, als sie plötzlich eine schwache Stimme hörte.

»Hallo«, vernahm sie ein leises Quaken.

Sie sah sich um, doch konnte sie niemanden erkennen, von dem es hätte ausgehen können. Auch war sie ganz allein im Garten … so dachte sie zumindest.

»Hallo! Hier unten«, vernahm sie abermals die seltsame Stimme.

Sie schaute hinab und sah einen kleinen Frosch. Er saß auf einem Seerosenblatt, das friedlich auf der Wasseroberfläche vor sich hinschwamm.

»Hallo«, antwortete die Prinzessin sichtlich verunsichert.

Von sprechenden Fröschen hatte sie noch nie etwas gehört. Sie musste mehrmals mit den Augen blinzeln, bis sie den Lurch als Realität und nicht als Halluzination akzeptierte. Schließlich kam sie zu dem Schluss, dass es sich um einen verzauberten Frosch handeln müsse.

»Ich bin ein verzauberter Frosch«, sprach die Amphibie.

»Ach, nee«, antwortete die Prinzessin mit humoristisch-sarkastischem Unterton.

Menschen – oder in diesem Fall Frösche – die Gespräche mit offensichtlichen Informationen anreicherten, gehörten nicht gerade zu dem, mit dem sie gut umgehen konnte, und sie neigte dazu, solche Individuen gerne zu veräppeln.

»Doch, wirklich«, erwiderte der Frosch, der offensichtlich nicht geübt darin war, nuanciert schwingenden Sarkasmus in der Tonlage seines Gegenübers heraushören zu können, mit ernstem Ton.

»Nee, sach bloß«, wiederholte die Prinzessin mit künstlich erstaunter Aussprache.

»Doch!«, sagte der Frosch, so als denke er wirklich, die Prinzessin glaube ihm nicht.

Er saß auf dem Blatt und guckte aus froschigen Augen zu ihr hinauf. Nun packte das junge Mädchen doch etwas die Neugierde, denn einem sprechenden Frosch begegnete man ja nicht alle Tage.

»Wie ist das denn passiert?«, fragte sie.

»Das ist eine lange Geschichte…«, antwortete der Frosch, der sich sichtlich darüber freute, dass er nun das Interesse der Königstochter geweckt hatte, und begann zu erzählen…

Und die Geschichte war wirklich sehr lang. Nicht, dass sie viel Inhalt gehabt hätte, aber der Frosch hörte sich ganz offensichtlich gerne selbst reden und schmückte jede noch so kleine Begebenheit mit den blumigsten Worten aus.

Als er zum Schluss kam, waren sowohl er als auch die Prinzessin sichtlich erschöpft. Die Sonne hatte ihre mittägliche Kraft eingebüßt und schien nur noch mit frühabendlicher Gemütlichkeit auf den Garten herab. Die Lilien ließen die Köpfe hängen und selbst einer nahestehenden Rose entfuhr ein erleichtertes »Puh«, was in Blumensprache vermutlich so viel hieß wie: »Endlich! Länger hätte ich dieses Gesabbel aber auch nicht mehr ausgehalten.«.

»Ich bin mir nicht sicher, ob ich alles genau genug erläutert habe«, sagte der Frosch mehr an sich selbst gerichtet und rieb sich fragend die glitschige Patsche über das Kinn.

»Doch, doch. Hast du!«, sprang die Prinzessin in den Gedankengang des Frosches und fasste die Geschichte noch einmal zusammen, um weiteren Ausschweifungen zuvorzukommen.

»Du warst einmal ein glücklicher Prinz, der in einem fernen Land friedlich mit seiner Familie lebte, bis eines Tages eine böse Hexe kam, die dich aus Neid auf dein Glück in einen Frosch verwandelte.«

Die Prinzessin staunte, dass sie das stundenlange Verbalmartyrium in nur einem Satz zusammenfassen konnte. Doch mehr gab es tatsächlich nicht zu erzählen. Der Frosch nickte.

Die Abenddämmerung hatte langsam eingesetzt. Vom Turm her rief die Magd, dass es nun Zeit für das Abendessen sei.

»Lieber Prinz«, sagte die müde Prinzessin, »das ist eine traurige Geschichte, die du da erzählt hast, aber ich muss nun gehen. Wenn du möchtest, verweile gerne des

Nächtens in unserem Garten. Wenn es dir recht ist, werde ich nach dem Abendessen unseren Hofalchemisten befragen. Vielleicht kann er dir helfen.«

Sie wandte sich um und wollte gerade gehen, als der Frosch ihr hinterherrief.

»Warte. So warte bitte. Ich weiß bereits wie man mir helfen kann.«

Die Prinzessin blieb stehen und drehte sich zurück.

»Der Kuss einer liebreizenden Maid soll mich von diesem Leid erlösen und wieder in meine ursprüngliche Gestalt zurückverwandeln. So lautet der Fluch, mit dem mich die Hexe dereinst belegte.«

Er sah die Prinzessin erwartungsvoll an.

»Na dann viel Erfolg bei der Suche«, sagte die Prinzessin, wieder in ihren sarkastisch-fröhlichen Unterton verfallend. Sie ahnte langsam, worauf die Nummer hinaus lief. Er sah sie mit beinahe jenem Blick an, mit dem Kinder ihre Eltern ansehen, wenn sie noch eine Stunde länger im Garten spielen wollen, obwohl sie die vereinbarte Zeit schon um ein Vielfaches ausgereizt haben.

»Bitte hilf mir!«, flehte der Frosch.

Die Prinzessin hatte ein gutes Herz und konnte den armen Frosch nicht leiden sehen. Er war zwar nervig und anstrengend und obendrein extrem selbstverliebt, doch er war schließlich auch in Not.

Die Magd rief gerade ein weiteres Mal vom Turm herab, da bückte sie sich nieder, hob den Frosch vom

Seerosenblatt auf die Hand und gab ihm einen dicken Kuss.

Piff, machte es und der Frosch verwandelte sich in einen stattlichen Prinzen. Er hatte einen muskulösen Körperbau, ein breites Kinn und perfekt frisiertes, blondes Haar – so, wie Märchenprinzen eben aussahen. Er betrachtete sein Spiegelbild im Wasser und schien äußerst zufrieden zu sein.

Doch nicht nur das war geschehen! Auch die Prinzessin hatte sich verwandelt, und zwar in eine kleine, grüne Fröschin. Die Situation realisierend, saß sie quakend auf der nassen Erde. Es hatte ihr die Sprache verschlagen und so kamen nur froschige Geräusche aus ihrer Kehle, doch es war offensichtlich, dass sie sich wünschte, wieder in ihren Körper zurückverwandelt zu werden.

Der junge Mann zuckte nur anteilnahmslos mit den Schultern. Dann drehte er sich um, kletterte über die Schlossmauer und wart nicht mehr gesehen.

Denn der Prinz war ein Arschloch, und zwar ein riesengroßes, und wurde in Wirklichkeit auch aus jenem Grunde von einer wunderschönen Hexe – der er einst das Herz brach – in das verwandelt, was seinem Charakter am nächsten kam – einer kleinen, schleimigen Kröte. Von Herzschmerz gebrochen hatte sie den Fluch so gestaltet, dass jene Dame, die es wagen würde ihren Verflossenen zu küssen, sich stattseiner in einen glitschigen Grünling verwandeln sollte.

Sprachlos saß die Prinzessin auf dem Boden und starrte auf das leere Seerosenblatt.

Tja, und so endet die Geschichte. Ohne Happy End, ohne große Liebe. Und ob man das Ganze nun fair findet oder nicht, im Leben läuft halt nicht immer alles glatt.

Man mag sich einreden, dass sich eines schönen Tages ein Zauberer oder Alchemist oder tapferer Recke des Problems der Prinzessin annahm und sie wieder zurückverwandeln konnte. Aber wahrscheinlicher ist, dass sie noch am selben Abend vom nächstbesten Storch zum Abendbrot verspeist wurde.

Denn so etwas wie Happy Ends, das gibt es nämlich nur im Märchen.

Die Trennung

»Ich glaube, das mit uns beiden geht nicht mehr«, sagte einer von beiden. Die Gegenseite nickte traurig aber zustimmend.

Der grelle Deckenfluter über den zwei Menschen im Zimmer strahlte mit hellem Licht auf sie herab und schuf eine kühle Atmosphäre. Kerzenlicht war unnötig. Für derartige Gespräche benötigt man keine romantische Umgebung.

Schweigen breitete sich aus. Ein unangenehmes Schweigen, von dem man sich wünscht, dass es durch ablenkende Geräusche aufgelockert wird.

Das monotone Ticken der Wanduhr schien die Zeit noch zu verlangsamen. Draußen rieselte leichter Schnee auf den durchgefrorenen Straßenbelag. Ratlose und doch wissende Gesichter versuchten den gegenseitigen Blicken auszuweichen. Sie saßen sich gegenüber, beide die schwere Atmung zu vermeiden versuchend. Die Stille, in der Sekunden zu Minuten wurden, nagte fast schmerzhaft.

»Sag etwas«, begann er. Er wusste sich nicht anders zu helfen.

Sie schaute zu ihm auf. Halb froh, über die Unterbrechung des Schweigens. Halb zornig, dass er die Last der ersten Worte nun auf sie gelegt hatte. Kurz zuckte es in ihrem Herzen, als das wohlbekannte, negative Gefühl hindurch schoss und sich ihrer bemächtigen wollte. Diese Wut, die so oft von ihr Besitz ergriff, schon bei den kleinsten Anlässen. Fühlte sie sich unsicher oder angegriffen, breitete sich diese Empfindung aus, schuf einen einengenden Druck in der Magengegend, zog ihr die Kraft aus den Händen, ließ die Atmung aggressiv werden, steuerte ihre Worte.

In solchen Momenten verlor sie die Kontrolle. Das wusste sie, was den Umgang mit dieser Gefühlsregung ein wenig erleichterte. Aber ändern konnte sie daran nichts. Diese Emotion begleitete sie schon lange. Sie war ein Teil von ihr. War ein Teil ihres Charakters, ein Teil ihrer Muster und Verhaltensweisen. So, wie es anderen Menschen schwerfällt, frei vor einer großen Menschenmenge zu reden oder in engen Räumen keine Angst zu bekommen, fiel es ihr schwer sich nicht angegriffen zu fühlen, selbst, wenn es oft dafür keinen objektiven Grund gab. Es kam einfach über sie.

Klammheimlich versuchte diese Wut, sich gerade nach außen zu kämpfen, ihre zerstörerische Kraft verbal zu manifestieren. Worte zu erschaffen, die *sie* dann später vermutlich bereuen würde. Sie spürte, wie es langsam in ihr hochkochte.

Doch diesmal entschied sie, ihr nicht die Oberhand zu lassen. Nicht jetzt. Nicht heute.

»Ich weiß doch auch nicht weiter«, erwiderte sie friedlich ausweichend seine Aufforderung.

Etwas überrascht sah er sie an. Er hätte eine andere Reaktion erwartet. Ein genervtes »*Warum muss ich denn etwas sagen?*« oder ein »*Sag du doch etwas*« oder irgendetwas Ähnliches. Einen Vorwurf, einen Angriff. Darauf war er vorbereitet gewesen, hatte sich schon die passende Antwort zurechtgelegt.

Ihre Worte kamen unerwartet. Das kannte er so noch nicht. Doch er blieb vorsichtig.

»Ich auch nicht. Ich weiß nur, dass es so nicht mehr weiter geht«, sagte er, seinen Schutzschild aufrecht erhaltend.

In den vergangenen Monaten hatte er eine Mauer aufgebaut, als Schutz – um sich herum und um seine Gefühle. Er hatte viel gegrübelt, aber nicht herausgefunden, wie es soweit kommen konnte. Doch vielleicht spielte das keine Rolle mehr. Jetzt war es zu spät, sich darüber Gedanken zu machen.

Er blickte sie an. Sie sah schön aus, keine Frage. Aber etwas hatte sich verändert. Es war nicht mehr das Gesicht, in das er sich verliebt hatte. Ihre blauen Augen hatten den Glanz verloren – zumindest für ihn. Er sah nicht mehr das Mädchen, das ihn mit einem Wimpernschlag – vielleicht auch zwei – komplett verzaubert hatte. Nicht mehr das Mädchen, das er jeden Tag sehen wollte. Nicht den Menschen, dessen Stimme am Telefon seinen Puls schlagartig verdoppelte. Nicht die Frau, deren Berührung ihn vergessen ließ zu atmen. Nein, dort auf dem Stuhl ihm gegenüber sah er jemand anderen...

»Ja«, bestätigte sie die klaren, wenn auch harten Worte.

In der letzten Zeit hatte sie sich von ihm entfernt. Nicht nur ein wenig, sondern ziemlich weit. Sie wusste auch nicht, wie das passieren konnte. Anfangs war sie unglaublich verliebt in ihn gewesen. Nach jahrelangen Enttäuschungen hatte sie geglaubt, endlich den Richtigen gefunden zu haben. Die ersten Wochen waren wunderschön. Eine bis dahin unbekannte Leichtigkeit hatte sie umgeben. Aber dann entstand plötzlich diese Mauer um ihn herum. Irgendwie kam sie nicht mehr zu ihm durch. Etwas blockierte den Zugang zu ihm.

Das tat weh – richtig weh – auch wenn sie sich das nicht anmerken lassen wollte. Sie fühlte sich von ihm zurückgewiesen, nicht angenommen.

Die Schuld dafür gab sie sich selbst. Sie hatte immer Schuld, an allem. Und das machte sie wütend. Sehr sogar. Und diese Wut ließ sie oft an ihm aus. Vermutlich zu oft. Sie war halt so, vielleicht sogar schon so geboren. Das hatte sie ihm auch gesagt. Warum konnte er das nicht einfach akzeptieren?

In Momenten, in denen sie die Wut überkam, fand sie sich immer im Recht. Sah sich eigentlich immer im Recht, wenn sie mit ihm stritt. Doch jetzt, wo sie beide so weit von einander getrennt vor sich saßen, kamen ihr da Zweifel.

»Vielleicht kriegen wir das nochmal hin«, sagte sie, ohne selbst daran zu glauben. Etwas anderes fiel ihr nicht ein. Manchmal gibt es diese Augenblicke, in denen einem unzählige Gedanken im Kopf kreisen, von denen sich jedoch kein einziger nach draußen wagt.

Er schaute nach unten, sah sie nicht mehr an, und schüttelte zur Antwort nur kraftlos seinen Kopf. Wut stieg in ihr hoch. Da war sie wieder, diese depressive Grundstimmung, die sie überhaupt nicht an ihm mochte. Dieser Rückzug in die Passivität. Diese Resignation. Wie viele Gespräche hatte sie mit ihm geführt, bei denen er nur schweigend da saß, während sie die ganze Zeit reden musste. Sie empfand das als schreiend ungerecht. Immer dieses Schweigen. Das legte so eine große Last auf sie. Immer musste sie die Stille mit Leben füllen. Nie sagte er etwas, als wäre er gar nicht bei ihr. Wie sehr sie sich immer gewünscht hatte, dass er reagieren würde, einfach mit ihr reden. Sie atmete tief ein.

»Eigentlich war es doch schön«, sagte sie, gegen ihre innere Aggression ankämpfend.

Er nickte schweigend. Saß wie gelähmt vor ihr. Er ahnte, was jetzt folgen würde. Sie würde einen stundenlangen Monolog halten und ihn kaum zu Wort kommen lassen. Immer wenn er die Gedanken halbwegs geordnet hätte, um auf das Gesagte zu reagieren, würde sie schon beim nächsten Thema angekommen sein. Solche Krisengespräche gehörten nicht gerade zu seinen Stärken. Waren es nie gewesen. Sobald die Emotionen außer Kontrolle gerieten, fühlte er sich gefesselt, nicht in der Lage die Gedanken den Gefühlen überzuordnen.

Anderen in Krisen helfen, ja, das konnte er. Das richtige Wort im richtigen Moment. Aus einer Träne ein Lächeln zaubern. Dafür schien er geboren. Bei sich selbst war das schon etwas anderes.

Jedes Mal, wenn er mit ihr gestritten hatte, saß er gelähmt wie ein Kaninchen vor der Schlange. Auch wenn sie ihn angegriffen, ihm zuweilen die Worte im Mund umgedreht oder Ereignisse anders dargestellt hatte, als sie geschehen waren, gelang es ihm nur selten sich zur Wehr zu setzen. Er wusste woran das lag, doch er schaffte es nicht, sich aus seiner Angst zu befreien – der Angst sie zu verlieren, sobald er anfing sich zu verteidigen.

Angst, sie würde sich sofort umdrehen und gehen, wenn er mit der flachen Hand auf den Tisch schlagen würde. Wenn er einmal eine Ungereimtheit aus seiner Sicht klarstellen würde. Einmal seine Gedanken äußern und vorbringen würde. Einmal diese lähmende Angst beiseiteschieben, und sich trauen würde zu sagen, was er fühlte. Aber hatte diese Lähmung nicht auch dazu beigetragen, dass sie nun hier saßen, hier, am Ende ihrer Beziehung?

Wieder packte ihn dieses entkräftende Gefühl, dass sich nicht nur auf seine Zunge legte, sondern alle Glieder befiel. Doch diesmal wollte er sich der Ohnmacht nicht einfach hingeben. Er hatte sie doch lieb, trotz allem. Und was hatte er schon zu verlieren? Wenn dies das letzte Gespräch sein sollte, was sie beide führten, dann …

»Nicht nur *eigentlich*«, kommentierte er ihren Satz, »Es war sehr schön. Auch wenn ich dir das nicht immer gesagt habe. Ich bin halt nicht so gut in solchen Dingen. Jemandem zu zeigen was er mir bedeutet und so …«

Er guckte auf den Boden wie ein Schuljunge, der unsicher vor der Klasse steht und ein Gedicht rezitieren muss.

»… Ich hätte das vielleicht öfter zeigen müssen …«

Mehrere nachdenkliche Atemzüge verschafften ihm eine kurze Denkpause. Gaben ihm die Möglichkeit seine

Gedanken zu sortieren und den Mut zum Weitersprechen zu finden.

»… Aber auf der anderen Seite ging das auch nicht. Ich habe mich oft in die Ecke gedrängt gefühlt und hab keinen Weg gewusst, wie ich mich daraus befreien sollte. Ich weiß manchmal einfach nicht wie das geht.«

Sie war baff von seiner Offenheit. Baff, aber auch wütend. Hatte er sie gerade angegriffen, ihr Vorwürfe gemacht? Was hieß denn hier *in die Ecke gedrängt*? War das etwa *ihre* Schuld? Was sollte das denn jetzt? Wie konnte er es wagen …?

Etwas in ihrem Kopf machte *Klick*. Ein Schalter war umgelegt. Von ruhig auf stinksauer. Die Emotionen schlugen Purzelbäume in ihrer Brust. Die Anschuldigungen sausten die Synapsen rauf und runter. Sie wusste, was er meinte. Sie konnte manchmal fürchterlich bestimmend sein, ja teilweise sogar angreifend. Das machte sie aber nicht absichtlich. Und wie konnte er ihr das jetzt in diesem Moment vorwerfen?

Wenn alles, was sich in ihrem Kopf gerade bewusst und unbewusst zusammenbraute, nach außen gelangt wäre, dann hätte das Gespräch womöglich eine dramatische Wendung genommen. Doch etwas hielt sie zurück. Es war der Anblick, wie er vor ihr saß. Den Blick gesenkt und doch den Mut findend, das auszusprechen, was schon lange in ihm rumorte. Und es war die Erkenntnis, dass er sich ja genauso verhielt, wie sie es sich immer von ihm gewünscht hatte, dass er mit ihr redete, sich ihr öffnete.

Und dann plötzlich kam ihr ein Gedanke, der mit einem Mal die geballte Wut lahmlegte, diesem destruktiven Impuls einfach den Nährboden entzog. Ein Gedanke, der sich so traurig und schockierend anfühlte, dass er mit einem Schlag all ihre Gefühle für ihn wieder nach vorne brachte und sie aus dem tosenden Gedankenkarussell ihres Zorns herausriss.

Mein Gott. Vielleicht ist es heute das letzte Mal, dass ich ihn sehe.

Beinahe schossen ihr die Tränen in die Augen, doch sie versuchte stark zu bleiben. Sie wusste nicht, was sie sagen sollte … sie wusste nicht … *Doch*, wusste sie …

»Es tut mir leid.«

Diese Worte überraschten sie selbst, und machten ihr gleichzeitig Angst. Auch wenn sie sie fühlte, versuchte sie immer, sie nicht auszusprechen, implizierten sie doch, dass sie etwas falsch gemacht hatte. Wer sich entschuldigt, der gibt einen Fehler zu. Und einen Fehler zu begehen – dumm zu sein, etwas nicht richtig zu machen – ängstigte sie derart, dass sie diese Worte immer um jeden Preis zu vermeiden suchte. Und doch hatte sie sie gerade ausgesprochen.

Nun wartete sie, lauernd, vorsichtig. Gleich würde er sie rund machen. Ihre gezeigte Schwäche ausnutzen und ihr verdeutlichen, dass sie nicht nur diesmal einen Fehler gemacht hatte. Nein, sie wäre immer Schuld – an allem. Sie hatte die gesamte Beziehung auf dem Gewissen, ihre ganze Zukunft.

Als Kind hatte sie gelernt, nie einen Fehltritt zuzugeben, weil die Konsequenzen noch viel demütigender waren, als ihre Ausreden. Jetzt saß sie da und zweifelte an der Entscheidung, ihm zu sagen, was sie empfand. Es wäre vermutlich klüger gewesen, wenn sie ...

»Danke«, sagte er still, fast geflüstert.

Es gab einfach kein passenderes Wort, das ausdrückte, was er fühlte. Diese vier kleinen, winzigen Worte hatte er sich oft von ihr gewünscht. Er ahnte, dass ihr das nicht leicht fiel. Irgendetwas in ihrer Kindheit hatte sie geprägt. Sie hatte nie mit ihm darüber gesprochen, aber hier und da die ein oder andere Anmerkung fallen lassen, so dass er sich seinen Teil zusammenreimen konnte.

Er hatte versucht sie zu akzeptieren, wie sie war, denn so hatte er sich ja auch in sie verliebt. Doch das ständige Fehlen dieser kleinen Worte, das Ausbleiben der Versöhnung, ertrug er nur schwer. Und das hatte nicht unwesentlich mit seiner eigenen Vergangenheit zu tun, die ihn nicht weniger prägte, als sie die ihre.

Dass sie jetzt genau die richtigen Worte fand, rührte ihn zutiefst. Er sah sie an. Fast hatte er das Gefühl, dass ihre Augen funkelten.

»Ich …«, sie wusste nicht, was sie sagen sollte.

Sie erwiderte seinen Blick. Er lächelte, ganz leicht. Jetzt konnte sie nicht mehr stark sein und Tränen standen in ihren Augen. Ihre Ängste flogen davon. Dieses kleine Wort hatte ihre gesamten Befürchtungen weggeblasen. Niemand machte sie nieder, erzählte ihr, dass sie dumm sei. Niemand versuchte ihr die Schuld zu geben. Niemand legte ihre Offenheit als Schwäche aus.

Sie hatte sich entschuldigt, dafür, dass sie ihn verletzt hatte, ohne dass etwas Schlimmes passierte. Sie hatte das Richtige getan.

Und doch verunsicherte sie diese Wandlung. Wie konnte das sein? Hätte sie das schon immer haben können?

Da bemerkte sie, dass er ihre Hand genommen hatte. Vorsichtig, zögernd, aber doch hatte sie sich um ihre gelegt. Eine Zärtlichkeit, die sie schon lange nicht mehr von ihm gespürt hatte. Eine Berührung, nach der sie sich schon lange sehnte.

Dann folgte Schweigen. Ein langes, ausgedehntes Schweigen.

»Was ist da nur mit uns passiert?«, fragte sie schließlich mehr zu sich selbst gewandt.

Er zuckte ahnungslos mit den Schultern. Sie hatten mittlerweile wieder den Kontakt ihrer Hände gelöst, doch das war nicht schlimm. Die Minuten, in denen sie sich berührten, hatten sie wieder auf heilsame Weise näher zueinander gebracht.

»Ich weiß es wirklich nicht«, antwortete er ein weiteres Mal, diesmal nicht nur mit einer Geste.

Das Aussprechen der Gedanken fiel im noch immer schwer, aber er wollte sich jetzt nicht wieder zurückziehen. Nicht in diesem Moment, in dem er eine so starke Verbindung zu ihr spürte, wie schon seit geraumer Zeit nicht mehr. Es kostete ihn eine fast unvorstellbare Kraft seine Gedanken zu ordnen und nach außen zu tragen. Doch er wollte nicht aufgeben. Nicht jetzt!

Er ignorierte den innerlichen Druck, der ihn zu einer schnellen Aussage drängte. Er fühlte sich gehetzt, jetzt sofort seinem letzten Satz weitere folgen zu lassen, bevor sie wieder wütend werden würde, weil er nur schwieg. Er versuchte sich einzureden, dass er sich nur selbst hetzte und schob diese ablenkenden Gedanken zur Seite, um für produktivere Platz zu schaffen. Er wollte ihr erklären, warum er sich verhalten hatte, wie er es tat.

Er kannte seine Fehler, genauso gut wie sie. Doch sie kannte nicht die Hintergründe. Das sollte sich ändern. Er wollte sie an seiner Welt, seinen Emotionen teilhaben lassen. Viele Situationen gingen ihm durch den Kopf, doch er konnte sie nicht richtig zu einer passenden Aussage verbinden.

Dann schließlich fielen ihm wieder ein Ereignis und die dazugehörigen Emotionen ein. Ja, damit hatte er den passenden Anfang gefunden.

»Erinnerst du dich an deinen Geburtstagskuchen?«

Sie bejahte es still und ahnte, worauf er hinaus wollte.

Am Abend vor ihrem dreißigsten Geburtstag hatte sie eine riesige Torte in Form eines Delphins gebacken. Weiße Kuvertüre, kleine bunte Sternchen. Einfach süß. Sie sah toll aus – fand er.

Sie sah das anders. Die Torte sollte perfekt sein, doch in ihren Augen war sie nur misslungen.

»Der schlimmste Kuchen aller Zeiten«, hatte sie wütend und frustriert kommentiert, während der Backpinsel unsanft auf die Arbeitsfläche knallte.

Er hatte daneben gestanden, als das Backwerkzeug mit der Küchenoberfläche kollidierte. Beinahe hätte es ihn getroffen. Er hatte einen Moment gebraucht, bis er sich gesammelt hatte.

Er wusste, dass ihr der Jahrestag viel bedeutete. Die meisten ihrer Verwandten würden kommen – Onkel, Tanten. Und auch ihre Mutter, in deren Anwesenheit sie sich immer klein und mickrig fühlte – das hatte sie ihm zumindest einmal erzählt. Und immerhin feierte man ja auch nicht jedes Jahr einen runden Geburtstag. Sie hatte sich zum Fenster gedreht und mit verschränkten Armen in die Dunkelheit geschaut.

»Was ist denn so schlimm an der Torte?«, hatte er mit ruhigem Ton gefragt.

»Alles!«, kam als wütende, frustrierte Antwort.

Er besah sich den Delphin, konnte aber keinen größeren Makel feststellen.

»Ich kann nichts erkennen. Ich finde sie schön.«

Sie hatte sich umgedreht und trat an ihn heran.

»Schau doch hier. Die Sterne liegen ganz falsch. Der Mund ist schief und das Auge ist viel zu weit hinten. Ist doch alles Scheiße!«

Er hatte sich den Meeressäuger noch einmal angesehen, konnte aber die Kritikpunkte nicht so richtig bestätigen. Trotzdem beschloss er ihr zu helfen, schließlich war es schon spät und er wollte, dass sie morgen nicht durchhängen würde.

»Soll ich dir vielleicht helfen?«

Sie hatte zugestimmt.

Er probierte sich an den Korrekturen, verschob das Auge leicht in die gewünschte Richtung, richtete den Mund und korrigierte die Positionen einiger Sterne.

Er hatte sie angesehen, in der Hoffnung, sie würde jetzt wieder lächeln, doch das Gegenteil trat ein.

»Du hast alles noch viel schlimmer gemacht!«

Mit dem Windhauch der zuschlagenden Tür war sie aus der Küche gerannt und hatte ihn mehr als überrascht zurückgelassen. Am nächsten Tag hatte er mit ihr darüber reden wollen, doch sie sagte ihm nur, dass es zu dem Thema nichts mehr zu bereden gäbe. Das ereignete sich vor ungefähr drei Monaten.

»Das war damals sehr verletzend«, begann er. »Nicht, dass du mich angebrüllt hattest. Das war ok. So etwas passiert. Aber, dass du fandest dich nicht dafür entschuldigen zu müssen, das tat weh. Wenn man jemanden liebt, dann fühlt sich das doch nicht schön an, wenn man den geliebten Menschen verletzt, oder? In diesem Moment war ich mir sicher, dass du mich nicht mehr …«

Er hielt sich die Hand vor die Augen, um seine Tränen zu verbergen. Er wollte, oder konnte vielmehr, nicht noch mehr Schwäche zeigen.

Sie wusste nicht, was sie sagen, noch wie sie reagieren sollte. Sie erinnerte sich nur zu gut an jenen Tag. Ihr Stolz und die Wut über die Unfähigkeit ihren eigenen Ansprüchen gerecht zu werden, hatten sie so handeln lassen.

Sie hatte es schön gefunden, dass er ihr helfen, sie beschützen wollte. Doch etwas in ihr brachte ihre antrainierten Muster zum Vorschein, machtlos diesen etwas entgegenzusetzen. In solchen Momenten bemächtigte sich ein Automatismus ihrer, der sie wie eine Marionette in ihrem eigenen Körper zappeln lies. Das verfolgte sie schon immer, schon seit ihrer Kindheit.

Selbst jetzt musste sie dagegen ankämpfen. Sie hatte ihm weh getan, das wusste sie, wusste natürlich auch, dass ihr Verhalten alles andere als *ok* gewesen war. Er hatte ihr ja nur helfen wollen. Warum sie sich nicht entschuldigen wollte, konnte sie sich auch nicht so richtig erklären. Vielleicht lag es an der Scham, warum sie das alles so schnell wie möglich vergessen wollte.

Bis jetzt gelang ihr das auch recht gut. Doch nun hatte er sie offen mit ihrem *Fehler* konfrontiert. Jetzt konnte sie es nicht mehr verstecken. Die Emotionen fingen wieder an, die Oberhand zu gewinnen. Ihren erlernten Mustern folgend, spürte sie die Bereitschaft zum Gegenschlag. Sie musste sich entscheiden – Wut oder Wahrheit. Und sie entschied …

»Weißt du … ich hab dir doch einmal von meiner Mutter erzählt«, begann sie.

»Das es mit ihr eher schwierig ist?«

»Ja. Aber das ist noch eine Untertreibung. Sie ist unglaublich anstrengend. Als Kind konnte ich nie etwas richtig machen. Nie habe ich Anerkennung bekommen, außer es waren andere Menschen da. Dann hat sie mich immer in den höchsten Tönen gelobt und alles so dargestellt, als wenn das der Verdienst ihrer Erziehung war. Aber wenn keiner da war, dann war es schlimm. Oft hat sie mich gescholten für Dinge, von denen ich im Nachhinein der Meinung bin, dass sie einem Kind passieren dürfen. Zum Beispiel wenn mir ein Glas runterfiel, dann hat sie mich als Tölpel oder Tollpatsch bezeichnet. Ab und zu habe ich dafür auch eine gefangen.«

»So etwas passiert doch jedem. Das ist doch kein Drama«, versuchte er sie zu beruhigen, als er merkte, dass sie leicht zu zittern begann.

»Ich wusste es halt nicht besser. In den Augen meiner Mutter – und irgendwann auch in meinen Augen – war ich ein Versager. Und das hat sich nicht gut angefühlt. Also habe ich immer, wenn etwas passiert ist, versucht es zu vertuschen. Mir ist einmal der Henkel von einer Vase abgebrochen. Gott sei Dank war keiner zu Hause. Ich bin mit pochendem Herzen in den Garten und habe sie vergraben, damit sie ja niemand findet. Da war ich sieben oder acht. Als mein Vater irgendwann nach ihr gesucht hatte, habe ich einfach gelogen und gesagt, dass ich nicht wüsste wo sie ist…«

Er sah sie traurig an.

»… meine Mutter hat mich oft runter gemacht. Einmal hatte ich ein Kleid genäht. Alle haben mich dafür gelobt. Es muss wirklich für mein Alter sehr gut gewesen sein. Vor den anderen Verwandten hat sie natürlich damit angegeben, wie stolz sie auf mich sei. Kurz danach habe ich sie beobachtet, wie sie es in den Müll geworfen hatte. Ich konnte es vom Fenster aus genau sehen. Sie hatte sogar noch die Ärmel abgerissen. Ich glaube, sie konnte es nicht ertragen, dass ich in etwas besser war als sie. Später hat sie dann immer an meinen Näharbeiten herumkritisiert. Hier müsse ich was ändern, da etwas verbessern, der Saum sei nicht in Ordnung, die Naht nicht gerade. Das ging so lange, bis ich schließlich gar keine Lust mehr aufs Nähen hatte.«

Er wusste, dass sie eine Nähmaschine besaß, wäre aber nie auf die Idee gekommen, dass sie einmal gern genäht hatte.

»Ich erzähle dir das, weil ich glaube, dass das der Grund ist, warum ich mich so schlecht entschuldigen kann. Ich weiß, dass ich manchmal Fehler mache. Das sollte ja auch normal sein. Aber weißt du, ich fühle mich dann immer in meine Kindheit zurückversetzt. Das kleine Dummerchen, das nichts richtig machen kann. Und wenn ich mich entschuldige, dann gestehe ich ja ein, dass ich einen Fehler gemacht habe. Und in diesen Momenten steht quasi meine Mutter wieder vor mir, die mir erzählt wie unnütz ich bin. Deswegen werde ich auch so schnell wütend. Ich bin so oft unsicher und denke, ich habe etwas nicht richtig gemacht, und dann kommt die Wut und ich versuche die Situation sofort zu beenden. Wenn es ganz schlimm ist, gebe ich dann anderen die Schuld an etwas, nur, damit ich nicht schuld bin … so wie mit dem Kuchen.«

Das hatte sie noch nie jemandem erzählt. Sie fühlte sich seltsam befreit.

»Warum hast du mir das nie erzählt?«, wollte er wissen.

»Ich hab mich nicht getraut«, antwortete sie verlegen. »Ich bin halt nicht so stark wie du.«

Sie rutschte etwas an ihn heran, versuchte aber es wie eine zufällige Bewegung aussehen zu lassen. Ein kurzes Zurechtrücken ihrer Sitzposition. Doch es reichte, um ihm näher zu sein. Als sie fertig war, bemerkte sie, dass auch er nicht mehr so distanziert auf seinem Stuhl saß. Auch er war etwas an sie heran gerutscht.

Seine Mauer fing an zu bröckeln. Kleine feine Risse gruben sich in den Mörtel, Steinsplitter sprengten ab. Und dahinter verdeckt blinzelten seine Gefühle hervor. Gefühle, die er versucht hatte zu ignorieren. Seine Gefühle für *sie*.

»*Ich* bin nicht stark«, sagt er schließlich. »Ganz im Gegenteil«

Sie blickte ihn ungläubig an.

»Das sieht vielleicht oft so aus, aber das bin ich nicht. Oft bin ich ziemlich unsicher. Aber ich habe gelernt das vor der Außenwelt zu verstecken. Das musste ich schon früh.«

Noch immer sah er Fragezeichen in ihrem Blick.

»Du weißt ja, dass ich nur noch meine Schwester habe, sonst keine Familie…«

Sie nickte.

»…Was ich dir nicht erzählt habe ist, dass das schon lange so ist. Unsere Eltern sind sehr früh gestorben, da waren wir gerade einmal Teenager. Unsere Großmutter hatte das Sorgerecht, doch sie war schon ganz schön alt und litt schrecklich unter dem Verlust ihrer Tochter, meiner Mama. Ich musste schnell erwachsen werden, sonst war da ja niemand, der auf meine Schwester aufpassen konnte. Schwäche konnte ich mir da nicht leisten, obwohl ich innerlich selbst zerbrochen war. Ich habe nie geweint, zumindest nicht vor anderen, und versucht das Ganze mit mir selbst auszumachen. Getrauert habe ich nur allein, in meinem Zimmer, wenn ich wusste, dass mich niemand hören konnte. Ich musste ja erwachsen sein. Einer musste doch für alle anderen stark sein …«

Tränen liefen ihm über das Gesicht. Die Stimme zitterte, obwohl er versuchte sie stabil zu halten.

»Aber ich war nicht immer stark. Eigentlich war ich immer unsicher, ob ich das Richtige getan habe. Aber ich kann diese Unsicherheit eben gut überspielen. Und oft stecke ich meine Bedürfnisse zugunsten anderer Menschen zurück. So bin ich halt.«

Seine Stimme war brüchig und unsicher.

»Das tut mir so leid. Das wusste ich alles nicht.«

Sie hatte sich immer gewünscht, dass er über sich reden würde, doch diese Wahrheit kam überraschend. Das hatte sie nicht erwartet. Sie wusste nicht, wie sie damit umgehen oder reagieren sollte. Er war für sie immer unantastbar gewesen, jemand, der alles erreichen kann. Jemand, der unverwundbar ist.

»Warum hast du mir das denn nie erzählt?«, wollte sie nun auch von ihm wissen.

»Ich hatte Angst dich zu verlieren …«

Während er sprach, zündete er beiläufig eine kleine Kerze an, die er immer auf dem Tisch zu stehen hatte. Dann griff er zum Lichtschalter, der sich nur in einer Armesweite Entfernung befand und knipste den Deckenstrahler aus. Alles sah plötzlich viel friedlicher aus.

»… ich wollte nicht schwach wirken, weil ich dachte, dass du mich dann verlässt. Dass du den Schwächling dann sitzen lässt, weil er dich nicht mehr beschützen kann.«

Soviel hatte sie ihn seit Wochen nicht mehr reden hören, nicht so nah. Sie freute sich über den Klang seiner Stimme, und was er sagte, fühlte sich seltsam beschützend an. Da erkannte sie, dass sie ihn leider viel zu oft nicht hatte ausreden lassen. Oft in Diskussionen sofort in den Angriff überging, bevor er etwas sagen konnte. Das gehörte nun einmal zu ihrem Wesen, auch wenn sie dies selbst nicht mochte, nichts dagegen tun konnte. Oder vielleicht doch? Tat sie es nicht bereits? Dieses Gespräch verlief doch so anders als alle anderen, die sie vorher geführt hatte.

»Aber du bist doch nicht schwach. Ganz im Gegenteil. Du konntest deine Schwester beschützen und hast auch immer auf mich aufgepasst. Und über so etwas reden zu können, dafür braucht man viel Stärke ...«

Sie nahm seine Hand und streichelte sie sanft.

Er sah sie an, sah in ihre blauen Augen ... und sah den Glanz, sah das Strahlen, in das er sich verliebt hatte.

»Weißt du ... wir hatten beide vielleicht keine einfache Vergangenheit. Aber ich habe irgendwie keine Lust, dass dadurch unsere Zukunft kaputt gemacht wird«, sagte er, ihr tief in die Augen blickend. Ein stummes Nicken kam als Antwort.

Der Raum füllte sich mit Schweigen, doch nur oberflächlich. Die zwei Augenpaare, die sich berührenden

Hände, die Tränen, das Lächeln – all das kommunizierte wie schon lange nicht mehr.

»Vielleicht haben wir ja doch noch eine Chance«, sagt einer von beiden. Die Gegenseite nickte hoffnungsvoll und zustimmend.

–

Als sie aufwachte, drehte sie sich instinktiv zur Bettmitte, um ihn in den Arm zu nehmen – doch die andere Seite war leer, die Decke unberührt und kalt.

Da fiel ihr wieder ein, wie das Gespräch am Vorabend tatsächlich verlief. Anstatt sich ihm zu öffnen, hatte sie sich in ihre Wut zurückgezogen, ihm Vorwürfe gemacht, die er letztendlich mit ebenso heftiger Reaktion gekontert hatte. Ein Wort ergab das andere. Kein Verständnis, nur Aggression. Keine Versöhnung, nur Trennung. Keine Lösung, nur verbrannte Erde.

Dabei hatte sie doch eigentlich etwas anderes sagen wollen. Sie wollte ihn doch gar nicht verlieren, sondern nur etwas verändern.

Der gleiche Mensch, das gleiche Bedürfnis, nur abgewandelte Pfade. Zwei Gespräche mit feinen unterschiedlichen Abzweigungen, die zu weit auseinanderliegenden Zielen führten.

Sie hing zwischen Fantasie und Realität. Schade, dass es nur ein Traum war, dachte sie, während eine kleine Träne von der Nasenspitze tropfte.

Totenackertanz

Ein leichtes Knarren glitt über die hüglige Landschaft. Vielleicht kam es von einem kleinen Ast, der im Wind hin und her wippte, vielleicht von einem alten Stück Holz, das sich in gemütlicher Bedächtigkeit noch einmal zur späten Stunde zurechtbog, vielleicht hatte sich einfach nur ein uralter Baum gähnend gestreckt, als die Dunkelheit der Nacht sich über das Land gelegt hatte.

In der Ferne pfiff ein junger Kauz sein abendliches Lied, welches rhythmisch über die Wiesen hallte und harmonisch von dem besinnlichen Gezirpe der Grillen untermalt wurde, die überall im Wald verstreut ihre freundliche Melodei sangen. Der Mond strahlte am Himmel und schaute hinunter auf einen alten Totenacker, der ruhig und friedlich am Boden lag. Es schien fast, als würde der Mond ein wenig lächeln, als er zu dieser nächtlichen Stunde auf die alten Gräber und Gruften schaute, fast in Erwartung, dort etwas Spannendes oder Schönes erblicken zu können.

Auf dem alten Friedhof brannte eine einsame Kerze auf einem frischen Grab und erzeugte lange Schatten in der nahen Umgebung. Die Erde war noch feucht und locker aufgeschüttet. Am Ende des von Blumen und Gestecken bedeckten länglichen Sandberges ruhte ein großer, grauer Stein.

Unter einer einfachen Inschrift eingraviert stand ein Datum, welches erst wenige Tage alt war. Das zweite Datum, links davon, unterschied sich nur wenig mehr als zwanzig Jahre vom ersten.

Mitten in die Stille hinein schlug plötzlich die Turmuhr einer alten Kirche, die sich in einem nahegelegenen Dorf hinter einem großen Hügel befand. Der Klang drang verzögert und schwach durch die Nacht und erreichte schließlich auch die alte Begräbnisstätte. Zauberhaft, fast magisch, legten sich die Töne der tiefen Glockenschläge auf den Ort, und es wirkte beinahe, als wollten sie ihn mit ihren Schwingungen zum Leben erwecken.

Tatsächlich rührte sich in diesem Moment der Friedhof. Anfangs kaum merkbar, begannen die Blumen auf dem frischen Grab sich zu bewegen. Leicht glitten sie auseinander, als die Erde unter ihnen nach oben gedrückt wurde. Mit sanftem Nachdruck wich der Sand zur Seite, bis die gebundenen Gedecke gänzlich hinunter rutschten. Und endlich schob sich ein Finger Stück für Stück aus dem Erdreich. Dann noch einer, bis schließlich eine ganze Hand ins Freie strebte. Es dauerte nicht lange, bis sich zur ersten auch noch die zweite gesellte und kurze Zeit später erhob sich der gesamte Oberkörper der begrabenen Leiche aus seiner Ruhestätte. Hustend richtete er sich auf, während er versuchte den Sand aus Gesicht, Nase und Ohren – eigentlich allen Körpervertiefungen – herauszuklopfen. Ein fast zweckloses Unterfangen, denn die Grabeserde steckte überall.

»Sei gegrüßt«, hörte der Erwachte plötzlich eine Stimme.

Direkt vor ihm stand ein hochgewachsenes Skelett, dessen bleiche Knochen in einen schweren, schwarzen Mantel gehüllt waren. Er sah sein Gegenüber mit toten, erstarrten Augen an und wusste nicht recht, wie ihm geschah.

»Mein Name ist Thodeus. Aber du kannst mich Tod nennen.«

Der noch halb begrabene Tote starrte nur ungläubig auf den Knochenmann, die Beine noch immer wie eine Zudecke in Sand eingehüllt, so als hätte man ihn gerade frisch aus dem Schlaf geweckt und er versuche noch die Umgebung zu begreifen.

Tod probierte noch einmal die Konversation in Gang zu setzen.

»Hallo Oskar!«, sagte er.

»Was?!«, entfuhr es dem sichtlich verwirrten Leichnam daraufhin.

»Hallo Oskar«, wiederholte Tod und deutete auf den Stein am Ende des Grabes.

Über den Datumsangaben stand dort groß und breit: ›*Veilchen sind blau. Rosen sind rot. Tschüss Oskar, du bist jetzt tot.*‹

Seine Freunde und Verwandte schienen einen eigenartigen Sinn für Humor zu haben. Auf der anderen Seite gehörte dieser Satz zu den originellsten Grabsteinsprüchen, die er jemals gelesen hatte, dachte sich Tod.

»Was?!«, wiederholte Oskar seine Frage.

Tod guckte verwirrt. Das Gespräch wollte nicht so recht Fahrt aufnehmen.

»Wo bin ich?!«, fragte der Tote.

Tod fühlte sich etwas verschaukelt. Er blickte umher und ermutigte Oskar sich ebenfalls umzusehen. Überall standen Grabsteine und Kreuze. Einige Gruften verschönerten die Landschaft und am äußersten Rand befand sich eine kleine, baufällige Kapelle.

»Du bist auf einem Friedhof«, erklärte Tod recht nüchtern.

»Was mache ich denn auf einem Friedhof?!«

Oskar wirkte sichtlich verwirrt und irritiert. Ein leichter Anflug von Panik mischte sich in seine Stimme.

Tod stemmte die knochigen Hände in die Hüften, zog den linken Augenbrauenknochen prüfend nach oben und sah Oskar streng an. Wollte dieser Dreikäsehoch von einer frischen Leiche ihn etwa verschaukeln? Aber der Mensch vor ihm schien wirklich keine Ahnung zu haben, was er hier tat.

»Nun, also…du bist tot.«

Tod zuckte lässig mit den Schultern. Der Leichnam wirkte nun umso erschrockener.

Da erinnerte sich Tod. Einen ähnlichen Fall hatte er schon einmal erlebt – *Leichenamnäsie.* Selten, aber nicht unmöglich. Manche Tote erinnern sich erst langsam wieder an ihr früheres Leben. Offensichtlich war jener Oskar auch von dieser Krankheit befallen. Womöglich musste er in diesem Fall etwas behutsamer vorgehen.

»Was ist denn das Letzte, an das du dich erinnerst?«, versuchte Tod der Leiche auf die Sprünge zu helfen.

Der Tote schien zu überlegen.

»Gleißendes Licht. Hell, sehr hell. Es hat mich angezogen und ich bin ihm gefolgt. Dann habe ich mich unendlich glücklich gefühlt. Danach wurde es dunkel … Dann bin ich hier aufgewacht. An mehr erinnere ich mich nicht.«

»Ah, das Licht«, begann Tod, »Das ist der alte Jonathan mit seiner Leuchte. Er macht sich ab und zu einen Spaß daraus Neuankömmlinge zu blenden.«

Tod grinste breit.

»Und ansonsten kannst du dich an nichts erinnern?«

Oskar schüttelte verneinend den Kopf.

»Nicht einmal an mich?«

Die Frage kam nicht von ungefähr. Tod hatte ihn nämlich ins Totenreich befördert, so wie es seine Aufgabe war, und so, wie es in seinem kleinen Büchlein stand. Oskar verneinte abermals.

»Hmmm. Na das wird schon wieder. Manchmal brauchen die Erinnerungen ein wenig. Du bist auf jeden Fall tot. Und begraben … Na ja, zumindest ein wenig.«

Tod versuchte die verfahrene Situation durch einen Witz etwas aufzulockern. Nicht alle der Anwesenden fanden das allzu lustig. Oskar sah auf jeden Fall sehr *durch den Wind* aus.

»Komm!«, meinte Tod schließlich, »Ich führe dich ein wenig rum.«

Er nahm Oskar bei der Hand und half ihm sich zu erheben. Der Jungtote stand langsam auf und klopfte den Dreck von den Beinen. Bis auf seine blasse Haut sah er noch recht lebendig aus. Er hatte volles, dunkles Haar und sein Körper schien auch nicht der Grund für sein frühes Ableben zu sein – er war jung und kräftig.

Tod kannte den Grund für das Dahinscheiden des jungen Mannes – selbstredend, denn er hatte ihn ja in das Totenreich gebracht – doch er hielt es für besser, noch nicht mit ihm darüber zu reden.

In diesem Moment erwachte der restliche Friedhof. Es war ein Knacken und Knirschen. Ein Buddeln und Schaben. Ein Schnaufen und Husten. Ein Quietschen und Knarren. Nahezu jeder Fleck auf dem Gräberfeld bewegte sich. Hände reckten aus dem Boden in die Höhe, Sargdeckel wurden von innen aufgedrückt, Gruften durch ihre Bewohner geöffnet.

Überall wurden die Toten … ähm … lebendig und erhoben sich aus ihren Ruhestätten.

Oskar staunte nicht schlecht, vor allem, da er keinerlei Angst verspürte. Vielmehr besah er sich interessiert dieses bunte Treiben.

Direkt vor ihm erhob sich ein altes Paar aus einem gemeinsamen Grab. Zusammen beugten sie ihre Oberkörper nach oben – geradeso, wie auch Oskar es noch kurz zuvor getan hatte – und schoben die Erde beiseite. Oskar bemerkte, dass sie ihre Hände hielten, als sie ihrem *Bett* entstiegen. Dabei half der alte Mann, der zuerst aufgestanden war, seiner Gattin elegant nach oben, indem er ihr die Hand reichte und ihren Ellenbogen stützte.

Das Paar bot einen seltsamen, aber doch schönen Anblick. Vertraut und liebevoll gingen sie mit einander um. Sie trugen noch die Kleider, in denen sie beerdigt wurden. Er, einen dunkelblauen Anzug mit feinen Nadelstreifen, schwarzen Lederschuhen, einem weißen Hemd und silbernen Manschettenknöpfen an den Ärmeln. Seine Frau war in ein dunkelrotes Kleid gehüllt, welches ihr, trotzt des hohen Alters zum Zeitpunkt ihres Ablebens, ziemlich gut stand. Dazu trug sie helle Absatzschuhe und eine Kette aus glänzenden Perlen. Ihr graues Haar hatte sie zu einem Dutt zusammengesteckt.

Ihre Kleidung war durch die vielen Jahre ihrer Nach-Lebens-Phase in Mitleidenschaft gezogen worden. Hier und da klafften Löcher im Stoff, Staub und Sand hatten sich in die Fasern gesetzt und die ein oder andere Naht war aufgeplatzt.

Doch auch die Körper konnten die Spuren der Zeit nicht verbergen. Die mumifizierten Gesichter waren eingefallen und von gewaltigen Falten geprägt. Die Haut wellte sich ledern und hart, und an manch einer Stelle blitzten schon die blanken Knochen hervor. Es war nur noch eine Frage der Zeit, bis sich ihre Hüllen ganz verflüchtigten und nur noch das Gebein übrig blieb. Doch das alte Paar schien all das nicht zu interessieren. Sie hielten ihre Hände und sahen glücklich aus.

»Einen wunderschönen guten Abend die Dame, der Herr«, begrüßte Thodeus die beiden.

Dabei verbeugte er sich jeweils kurz, so wie es wohl zu Lebzeiten des Paares üblich gewesen sein musste. Der ältere Herr erwiderte die Geste, während seine Frau einen leichten Knicks vollführte. In beiden Fällen konnte man ihre morschen Knochen knacken hören.

»Wir haben einen neuen Gast bei uns. Oskar hier«, Tod deutete auf den frisch Auferstandenen, »hat heute seinen ersten Abend.«

»Oh, wie entzückend«, bemerkte die weibliche Leiche.

»Willkommen, Junge!«

Der Alte reichte ihm zur Begrüßung seine mittlerweile fleischlose Knochenhand, an der ein angelaufener Ehering am Ringfinger baumelte.

Als er sah, dass der Blick des Jungen auf den Ring fiel, fügte er noch hinzu: »Tja, das mit dem ›*Bis der Tod euch scheidet*‹hat wohl nicht ganz geklappt.«

Er zwinkerte seiner Frau zu, die ihm daraufhin liebevoll in die Seite knuffte. Oskar war entzückt. Die beiden wirkten wirklich sehr glücklich. Nur die Tatsache, dass sie recht untot waren, fand er etwas befremdlich.

Oskar sah Tod nachdenklich an.

»Werde ich mich wieder an mein früheres Leben erinnern können?«, fragte er.

Tod überlegte.

»Das wird schon. Hör auf deine innere Stimme. Sie wird dich leiten«, sagte Tod.

»Meine innere was?!«

Oskar verstand nicht.

»Alles was du warst, all deine Erinnerungen, sind in dir. Tief in dir vergraben. Höre einfach in dich hinein, dann wirst du sie finden«, versprach Tod.

Oskar kam das immer noch seltsam vor, doch er versuchte in sich hinein zu horchen. Und tatsächlich vernahm er etwas. Anfangs erklang nur ein ganz leichtes Wispern, so als wäre sein Kopf unter einem Kissen versteckt und eine zaghafte Stimme versuche an sein Ohr zu dringen. Doch dann wurde es immer lauter und deutlicher. Eine Stimme sprach zu ihm, hallte nun deutlich und klar in seinem Kopf, genauer gesagt in seinem Ohr, noch genauer in seinem rechten Ohr. Die Stimme klang freundlich und hilfsbereit, sagte nur ein einziges Wort: »*Oskar*«

Oskar sah verblüfft auf.

»Ich höre sie«, sagte er.

»Na siehst du…«

Tod war ebenfalls verwundert – er hatte seinen Ratschlag etwas metaphorischer gemeint –, versuchte aber, es sich nicht anmerken zu lassen. Auf der anderen Seite, war es aber auch egal, wenn es dem Neudahingeschiedenen half, sich wieder an sein früheres Leben zu erinnern. Tod wusste, dass das Nachleben kompliziert sein konnte, wenn man sich nicht mehr an seine Vergangenheit erinnerte, und er hatte schon manchen Fall erlebt, bei dem aus einem friedlichen Toten ein rasender, ruheloser Geist wurde, weil ihm der Zugriff auf seine Lebensereignisse verwehrt blieb.

»Aber ich höre sie nur auf *einem* Ohr.«

Oskar klopfte sich auf das andere, so als hoffte er, das Defizit damit ausgleichen zu können.

»Na ja, Leichenamnäsie ist keine ausführlich erforschte Krankheit. Vielleicht ist das ja normal«, erwiderte Tod.

Er zuckte mit den Schultern. Postmortale Humandiagnostik hatte ihn in der Schule nie sonderlich interessiert. Vielleicht hätte er da besser aufpassen sollen. Doch irgendwie fand er es auch ok, wenn es Sachen gab, mit denen er sich nicht so auskannte.

»*Oskar*«, vernahm er die Stimme plötzlich wieder. Dabei sprach sie den Namen magisch und geheimnisvoll aus und lies die letzte Silbe bedeutungsschwanger ausklingen.

»*Oskar. Sieh dich einfach um. Hier an diesem Ort findest du deine Erinnerungen.*«

Dann verstummte sie. Diese Aufforderung lenkte Oskars Aufmerksamkeit wieder auf das Geschehen um ihn herum. Überall raschelte, knisterte und knackte es. Er sah blanke Skelette, halbverweste Gestalten und auch einige frisch Verstorbene, die nur wenige Wochen auf dem Friedhof liegen konnten. Sie alle schienen sich nicht grundlos zu erheben.

Aus einem Grab, dessen Grabstein nichts anderes als ein rostiger Anker war, erhob sich gerade ein von der Zeit gezeichneter Seemann. Sein Körper war noch in etwas besserer Verfassung, als die des alten Ehepaars. Er trug ein gestreiftes, leicht löchriges Hemd, im Mundwinkel hing eine kleine Tabakpfeife. Mit hängendem Kopf setzte er sich auf den Stein seines Nachbarn, stopfte etwas Kraut in den Pfeifenkopf und entzündete das Gemisch für sein tägliches Erwachungsritual. Behutsam sog er den Rauch ein und stieß ihn nach einer Weile wieder aus.

In diesem Moment begannen Trommeln leise einen eindringlichen Rhythmus zu spielen. Sie klangen dumpf und doch irgendwie nah. Ganz leicht wurden sie von einigen fiedelnden Instrumenten umspielt. Oskar suchte mit seinen Augen die Umgebung ab, konnte aber nicht erkennen, woher die Musik kam. Doch ihre Magie hatte ihn erfasst und er klopfte mit seinen Fingern leicht zu den Schlägen der kräftigen Trommeln.

Dem Seemann erging es ähnlich. Auch wenn er nicht gerade fröhlich aussah, wippte sein Fuß zum Takt. Der Bewohner des Nachbargrabes hatte sich mittlerweile ebenfalls aus seinem Schlafbehältnis erhoben und grüßte den alten Seemann freundlich. Dem Erscheinungsbild zufolge musste der Nachbar vor seinem Ableben ein Pirat gewesen sein und schon sehr lange auf dem Friedhof liegen. Er trug die Kleidung eines Kapitäns. Sein tiefblauer Mantel bestand aus festem Stoff und hatte die typischen Umschläge an den Ärmeln, die mit goldenen Knöpfen verziert waren. Ebenjene Knöpfe fanden sich auch an Kragen und Revers. An der Hüfte hing ein krummer Säbel, der in einer kunstvoll gefertigten Scheide steckte.

Oskar wunderte sich, denn er hatte noch nie etwas von einem Piraten gehört, der auf einem Friedhof begraben wurde. Andererseits konnte er das auch nicht mit Gewissheit sagen, denn er erinnerte sich ja an rein gar nichts aus seinem früheren Leben.

Der Pirat hielt eine Buddel in der Hand, die zweifelsohne einen kräftigen Rum enthielt. Auf seinem Kopf, der das Motiv einer prächtigen Totenkopfflagge sein könnte, hing schief ein lederner Dreieckshut. Ein voller, schwarzer Rauschebart flankierte das blanke Kinn. Nachdem er sich gestreckt und einen ordentlichen Schluck aus der Flasche genommen hatte, klopfte er dem alten Seemann aufmunternd auf die Schulter.

Doch dieser schien sich nicht so recht erheitern zu lassen.

Oskar ging es ähnlich. Er fühlte sich leblos, irgendwie tot, und das nicht nur körperlich. Sein Geist war müde und erschöpft. Er fragte sich, ob das Gefühl durch sein Dahinscheiden hervorgerufen wurde oder ob es schon vorher bestanden hatte.

Oskar schaute zurück zum Piraten.

»*Sprich mit ihm*«, forderte die Stimme in seinem Kopf ihn auf.

»Warum?«, wollte der perplexe Oskar wissen, doch die Stimme ließ sich nicht beirren, sondern wiederholte nur ihr Kommando.

»*Sprich mit ihm.*«

Da er eh nichts Besseres vor hatte, schlenderte Oskar schulterzuckend zu dem alten Seeräuber und grüßte ihn, indem er seine Hand hob.

»Arrr. Neu hier an Deck?«, wollte der Pirat wissen.

Seine Stimme lallte, so als wäre der Rum vom gestrigen Abend noch in seinen Knochen. Oskar nickte nur kurz.

»Willscht du auch einen Schluck?«, zungenstolperte der Freibeuter und hielt Oskar die Flasche hin.

Prinzipiell fand er es eklig von einem Fremden zu trinken, aber dieser besaß nicht einmal mehr Lippen, und über Herpes oder andere Krankheiten brauchte er sich in seinem Zustand eh keine Gedanken mehr zu machen. Oskar griff einfach ohne weitere Grübelei zu, führte die Buddel an den Mund und nahm einen kräftigen Zug.

Der vergorene Rohrzucker floss erst kühl und ölig seine Kehle herunter. Dann plötzlich, auf einen Schlag, entfaltete er seine Kraft. Er brannte heiß und feurig an jeder Stelle, die mit ihm in Berührung kam. Magen, Speiseröhre, Rachen, Zunge und Lippen schmerzten, als würde sich der Selbstgebraute direkt durch die Zellwände in das Innere des Leibes brennen. Oskar hustete und hätte sich fast verschluckt.

Dann setzte die berauschende Wirkung schlagartig ein. Die Bilder vor den Augen fingen an zu verschwimmen. Wohlige Wärme breitete sich im ganzen, toten Körper aus.

Ohne darüber nachzudenken nahm er einen weiteren Schluck. Dieser schmeckte milder, doch verstärkte er zusätzlich den Effekt des ersten. Die Musik drang nun noch magischer und voller in seine Ohren. Die hämmernden Bässe erzeugten ein sonores Kribbeln und ließen ihn leicht mit Schulter und Hüfte wackeln. Seine Haut fühlte sich seidig und samtig an. Die Luft roch angenehm nach verschiedensten Düften, die Oskar betört einatmete. Er konnte beinahe wieder Leben in den Knochen spüren. Einen solchen Rum hatte er noch nie getrunken. Das Getränk beinhaltete ohne Zweifel eine übernatürliche Komponente. Er reichte dem See-Skelett die Flasche zurück und genoss die Betrunkenheit.

Doch plötzlich spürte er Übelkeit und heftigen Kopfschmerz. Die Augen brannten und sein Körper fühlte sich kalt und tot an wie zuvor. So schnell wie der Rausch gekommen war, so schnell verschwand er auch wieder. Kein Wunder, dass der alte Pirat kaum die Flasche vom Mund nahm, um den Nachschub immer sicherzustellen und den wunderschönen Zustand aufrechtzuerhalten.

»*Na, erinnert dich das an etwas?*«, fragte die Stimme in seinem Kopf.

Mit dieser Frage flackerte ein Gedankenfragment in Oskar auf, während der Kater langsam abnahm. Verschwommene Bilder erschienen in seinen Gedanken. Verschwommene Bilder von berauschten Nächten. Verschwommene Bilder von Abenden, die er nur lückenhaft zusammensetzen konnte. Verschwommene Bilder von Abwehrreaktionen seines Verdauungstraktes gegen zu viele Dinge, die nicht in seinen Körper gehörten.

Und da wurde ihm bewusst, dass die Bilder nicht verschwommen waren, weil die Erinnerung nur langsam kam, sondern weil sein Gehirn in diesen Momenten gar keine klaren Sinneseindrücke mehr verarbeiten konnte.

Wie viele Nächte hatte er durchgefeiert? Wie viele Dinge seinem Körper angetan, die das vorzeitige Ableben beschleunigt hatten? Wie viele Erinnerungen an die wahrnehmungsfressende Wirkung des Alkohols verloren? Zu viele. Viel zu viele. Was hätte er mit all der Zeit anfangen können, die er so exzessiv, so sinnlos vertan hatte?

Oskar schaute den alten Piraten an, sah auf die Flasche Rum und wurde von einem seltsamen Gefühl ergriffen. Ein Gefühl der Hilflosigkeit über die eigene Unfähigkeit sein Leben zu erleben.

Warum hatte er Unmengen an Zeit darauf verschwendet sich selbst zu betäuben, anstatt sie sinnvoll dafür zu nutzen, um gegen seine Dämonen zu kämpfen. Aufstehen, alles gerade biegen, anstatt sich in die Selbstverleumdung des Rausches zu stürzen?

Nun, da er tot war, konnte er diese Frage nicht beantworten. Jetzt erkannte er die Wichtigkeit des Lebens und er fragte sich, warum er diese Erkenntnis, die in diesem Moment klar und unumstößlich vor ihm lag, nicht schon zu Lebzeiten gehabt hatte. Er atmete tief ein und aus.

»Egal«, sagte er mehr zu der imaginären Stimme in seinem Kopf, als zu sich selbst.

»*Egal?*«, fragte die Stimme zurück.

»Ja, es ist egal. Wen interessiert jetzt schon, wie viel Zeit ich in meinem Leben verschwendet habe?«

»*Na mich*«, kam die prompte Antwort.

Oskar schwieg für einen Moment.

»*Und dich sollte es auch interessieren. Aber vielleicht ist es besser, wenn du dich jetzt etwas ablenkst?*«

Die Stimme schien etwas verstimmt darüber, dass Oskar sich so schnell wieder hatte gehen lassen. Aber sie schien auch noch nicht fertig mit ihm zu sein.

›Wie soll ich mich denn ablenken?‹, dachte Oskar grübelnd.

Er hatte diesen Gedanken noch nicht ganz zu Ende gebracht, als unter ihm der Boden lebendig wurde. Gerade noch rechtzeitig konnte er zur Seite springen, bevor das Erdreich sich auftat und eine untote Kapelle der Erde entstieg. Die Musiker gruben sich aus dem Sand, ihre Instrumente fortlaufend weiter spielend. Die Trommeln wummerten. Die Geigen fiedelten. Und eine Trompete schmetterte gewaltige blecherne Töne.

Jetzt begriff er, warum er die Musik vorher nur dumpf wahrgenommen hatte. Die Toten hatten ihr Konzert bereits unterirdisch begonnen. Nun schallte ihr Lied frei und ohne Hindernis über den gesamten Friedhof und belebte selbst den letzten Knochen.

Oskar setzte sich auf einen Findling und beobachtete, wie die Spielleute zwischen den Gräbern hin und her liefen. Sie marschierten an Steinen und Kreuzen vorbei und grüßten dabei die Leute. Nach einer Weile blieben sie stehen und bauten sich als komplettes Tanzorchester auf.

Wie von der Musik *belebt* erhoben sich weitere Untote und scharrten sich um die Kapelle. Oskar gesellte sich zu ihnen und genoss das Spektakel. Plötzlich spürte er eine große Hand auf seiner Schulter.

»Na, du auch hier?«, hörte er eine ihm bekannte Stimme.

Er drehte sich um und erkannte ein vertrautes Gesicht. Es dauerte einen Moment bis er Augen, Nase, Mund, Haare und den Rest der Züge einem Namen zuordnen konnte.

»Vladimir?«, fragte Oskar vorsichtig.

»Schon halb verwest und doch wiedererkannt«, witzelte der andere.

Sein Aussehen war tatsächlich nicht mehr das beste. Die halb mumifizierte Haut war ledern und fehlte stellenweise sogar. Von den einst blonden Haaren wuchsen nur noch einige wenige Büschel aus der löchrigen Kopfhaut. Wie bei den meisten Bewohnern dieses Ortes blitzten hier und da blanke Knochen unter der verschlissenen Kleidung hervor.

»Was machst du denn hier? Ich dachte du bist tot?«, brachte Oskar seine Verwunderung zum Ausdruck.

»Du doch auch«, lachte Vladimir laut.

Oskar bekam kurz einen Schreck, so wie es einem manchmal passiert, wenn man mit einer dramatischen Veränderung konfrontiert wird, die man noch nicht gänzlich verinnerlicht hat. Und das mit dem Totsein war für Oskar einfach noch nicht zur Realität geworden. Wie sollte es auch? Er hatte ja erst vor einigen Minuten offenbart bekommen, dass er nicht mehr unter den Lebenden weilte. Die Nummer mit dem Leben war vorbei, das spürte er. Er fühlte, wie seine Zellen sich langsam auflösten. Und doch stand er hier, hörte, roch, sah, fühlte und konnte sogar die Eindrücke der Umgebung verarbeiten. Dieser Tod kam ihm noch verwirrender als das Leben vor.

Vladimir bekam von diesen Gedanken nichts mit. Er redete und redete, und es war ihm offensichtlich schnurzpiepegal, ob Oskar gedankenversunken neben ihm stand und nichts zu dem Gespräch beitrug. Er erzählte von alten Tagen, fing oft Sätze mit »Weißt du noch damals …« an und beendete andere mit »… wie in alten Zeiten«. Vladimir scherzte und lachte. Er schien ein sehr lustiger Toter zu sein. Irgendwann klopfte er Oskar abermals auf die Schulter.

»Wie steht es eigentlich mit dem Geld, das du mir noch schuldest?«, fragte er plötzlich und guckte etwas ernster.

Oskar zuckte zusammen. Er konnte sich an nichts erinnern. Verlegen schaute er auf den Boden und versuchte der Frage durch Schweigen zu entfliehen. Doch Vladimir erwiderte die Stille mit einem stechenden Blick. Dann erhellte sich seine Miene.

»Du kannst dich nicht erinnern, oder?«, fragte er augenzwinkernd.

Oskar schüttelte den Kopf. Vladimir entfuhr ein erheitertes Lachen und er schlug sich belustigt auf die Schenkel.

»Das ist ja mal ein Ding. Oskar das Meisterhirn hat alles vergessen. Das Schicksal geht schon merkwürdige Wege.«

Oskar sah den ehemaligen Freund an und durchforstete seine Gehirnwindungen nach dem Funken einer Erinnerung. Doch weder die Schulden, noch der seltsame Beiname, tauchten in den gedanklichen Schubladen auf, die er in seinem Kopf durchwühlte.

»Meisterhirn? «, fragte er schließlich recht vorsichtig und leise.

»So haben wir dich genannt«, lachte Vladimir. »Du hattest ein ausgezeichnetes Gedächtnis. Beim *Squirpel* - hattest du nie verloren. Das war einfach unglaublich.«

Oskar wusste nicht, was mit Squirpel gemeint war. Die Stimme in seinem Kopf meldete sich plötzlich wieder zu Wort, noch bevor er die Frage aussprechen konnte.

»Squirpel ist ein altes Kartenspiel, bei dem es darauf ankommt ein besseres Blatt auf der Hand zu haben als seine Gegner. Durch Aufnehmen, Austauschen und Wegwerfen erhält man neue Karten und legt sie sich so zurecht, dass man die anderen ausspielen kann. Es ist von Vorteil, wenn man sich merken kann, welche Karten im Spiel sind und welche schon weggelegt wurden.«

Oskar sah Karten, Spieler und dunkle Tavernen vor sich. Vernebelt, aber doch langsam wiederkommend.

»Du warst echt der beste Spieler weit und breit. Gegen dich konnte keiner gewinnen«, fuhr Vladimir fort,

»Deswegen gaben wir dir irgendwann diesen Spitznamen.«

Oskar war beeindruckt.

»Ich hatte also ein brillantes Hirn«, murmelte er vor sich hin.

»Na ja, nicht wirklich«, fiel Vladimir erheitert in den Gedanken. »Den Spitznamen warst du ruck zuck wieder los, als die anderen rausfanden, warum du so gut warst.«

Oskar guckte verblüfft.

»Du hast betrogen, beschissen, uns komplett abgezockt.«

Vladimir verfiel wieder in heiteres Gelächter. Der Betrug schien ihn nicht zu kümmern.

»Du hattest ein sicheres System, welches vor allem auf den gezinkten Karten in deinem Ärmel und der Fähigkeit uns glauben zu machen, dass wir in der nächsten Runde gewinnen könnten, beruhte. Meine ganze Habe hast du mir stückchenweise abgenommen. Im Armenhaus bin ich dadurch gelandet und später dann auf der Straße. Und von da aus ging es nach einer kurzen aber schmerzhaften Lungenentzündung direkt hierher.«

Vladimir zeigte auf einen weiter entfernt stehenden Grabstein. Oskar sah aus wie ein begossener Pudel. Das schien tatsächlich er gewesen zu sein, über den sein alter Kumpel da sprach. Und obwohl er sich nicht erinnern konnte diese Betrügereien begangen zu haben, befiel ihn ein derart schlechtes Gewissen, dass es ihm die Kehle zuzog. Es fühlte sich an, als wenn ein Strick immer fester um seinen Hals gezogen würde, bis ihm fast die Luft wegblieb. Ganz augenscheinlich hatte dieser Oskar, an den er sich nicht erinnern konnte, den netten Kerl vor ihm ins Grab gebracht. Egoistisch und gefühlskalt. Was war er nur für ein Mensch gewesen?

»Oh man«, schüttelte Oskar den Kopf, »Und das hat niemanden gestört, dass ich so ein Ekel war?«

»Nun, so würde ich das nicht sagen«, antwortete Vladimir spitz.

Er deutete auf Oskars Hals und die festen blauen Striemen daran. Oskar fühlte mit den Fingerspitzen die geschundenen Stellen.

»Ein wenig sauer waren die anderen schon«, lächelte Vladimir. Sein kurzzeitiger Anflug von Ärger war verflogen.

»Aufgeknüpft haben sie dich, nachdem sie es herausfanden. Direkt an dem großen Lindenbaum auf dem Marktplatz. Haben es scheinbar nicht ganz richtig gemacht. Gezappelt hast du wohl noch, bis dir die Luft weggeblieben ist. Vor ein paar Tagen besuchten sie mein Grab und unterhielten sich darüber.«

Da wurde Oskar klar, warum es sich so anfühlte, als würde sich ein Seil immer fester um seinen Hals schnüren. Das war nicht nur ein Gefühl, das war eine Erinnerung.

»Und du? Bist du gar nicht wütend auf mich? Schließlich habe ich dich …«, wollte Oskar wissen ohne sich zu trauen den Satz zu beenden.

»Ach iwo«, winkte Vladimir ab. »Alles vergeben und vergessen. Hier ist es gar nicht so schlecht. Jede Nacht feiern wir. Es wird getrunken und getanzt. Alle haben Spaß und es kostet uns keinen Heller. Und wenn du Glück hast, gibt dir der alte Planken-Jolly einen Schluck von seinem Rum ab. Das ist echt hartes Zeug, sag' ich dir.«

Oskar fühlte sich trotzdem nicht besser. Was hatte er nur für einen Charakter gehabt? Immer wieder marterte er sich mit dieser Frage. Und je mehr er herausfand, desto weniger mochte er, was er entdeckte. Eigentlich mochte er gar nichts aus seinem vergangenen Leben.

Vladimir hatte sich mittlerweile einer hübschen Skelettdame zugewandt und genoss sein Nachleben in vollen Zügen. Oskar stand etwas abseits und allein, und grübelte vor sich hin. Er konnte bei all dem Tanzen und Singen keine rechte Freude empfinden. Er wollte nur noch weg.

»*Komm*«, sagte die Stimme.

»Wohin?«, fragte Oskar.

»*Setze einfach einen Fuß vor den anderen und lasse dich nach vorne treiben.*«

Oskar befolgte die Anweisung. Er ging mit langsamen Schritten geradeaus und wartete auf ein weiteres Kommando. Doch es kam keines mehr. Nachdem er einige Meter gelaufen war, hatte er den Rand des Friedhofes erreicht. Er blieb stehen. Hier war doch gar nichts, wunderte er sich.

Plötzlich raschelte es in einem nahegelegenen Ge-
büsch. Als Oskar den Kopf wendete, sah er eine schwarze Katze geduckt aus dem Gestrüpp hervorkommen. Sie
war, wie alles andere auf dem Friedhof – tot. Ihr Fell jedoch strahlte noch genauso dunkel und glänzend, wie es
vor ihrem Tod gewesen sein musste. Sie schlich vorsichtig auf samtenen Pfoten über den sandigen Boden.
Scheinbar hatte sie ein Opfer im Visier.

Oskar betrachtete sie neugierig. Als er sich ihr nähern
wollte, trat er auf einen Ast und brach ihn durch sein
Gewicht entzwei. Es knackte laut.

Ein kleines skelettiertes Eichhörnchen wurde durch
das Geräusch aufgeschreckt. Es blickte ängstlich hin und
her und bemerkte außer Oskar auch die Katze, die ihm
schon gefährlich nahe gekommen war. Mit einem gewaltigen Satz sprang es zur Seite und kletterte flink einen
eigenwillig geformten Baum hoch, um sich in dem ver-
zweigten Astwerk zu verstecken.

Die Katze funkelte Oskar wütend an. Beinahe hätte
er sich entschuldigt, da sah er, dass der Katze eine Hälfte
vom rechten Ohr fehlte. Und wieder prasselten schlagartig Erinnerungen auf ihn ein.

Als kleines Kind hatte er eine Katze gehabt – Lilly.
Sie beide waren wie Pech und Schwefel gewesen. Stundenlang rannten sie durch die Wälder, wenn er versuchte hinter Anhöhen verwunschene Schlösser, in Baum-
höhlen versteckte Reiche oder in einem Maisfeld einen

alten Troll zu finden. Lilly blieb immer an seiner Seite und teilte mit ihm die kindlichen Fantasien.

Einmal hatten sie sogar gegen einen finsteren Höllenhund gekämpft, der in Wirklichkeit nur der bullige Nachbarshund war. Sie kletterten in geheimer Mission auf das angrenzende Grundstück, um den Knochen der Bestie zu stehlen, welcher – in ihrer Vorstellung – dem Monster seine Macht verlieh. Vermutlich wäre ihnen das auch geglückt, doch der Köter war an diesem Tag nicht angeleint gewesen und hatte sich sofort auf die Eindringlinge gestürzt. Oskar hätte wohl einen ordentlichen Biss abbekommen, wenn sich Lilly nicht todesmutig dem viermal größeren Gegner entgegengeworfen und Oskar so genügend Zeit für die Flucht verschafft hätte. Als Lilly wenig später auf die sichere Seite des Zauns gesprungen kam, hatte sie durch den Kampf ein Stück ihres Ohres eingebüßt. Lilly hatte ihm damals in seinen Augen das Leben gerettet.

Doch dann wurde Oskar älter und er begann sich für Mädchen und Wein zu interessieren. Vergangen waren plötzlich die ausgiebigen Erkundungen der Umgebung. Es gab für ihn keine Elfen, Trolle oder Zwerge mehr. Und vorbei war auch die gemeinsame Zeit mit Lilly. Hatte er sich vorher jeden Tag um sie gekümmert, ihr jederzeit das kleine Milchschälchen aufgefüllt und ihr struppiges Fell glatt gestriegelt, so vergaß er nun immer öfter, ihr überhaupt ein wenig Essen hinzustellen. Immer seltener sah er sie und immer öfter unternahm Lilly lange einsame Ausflüge, bis sie eines Tages gar nicht mehr nach Hause kam.

Oskar interessierte das zu diesem Zeitpunkt schon nicht mehr. Irgendwann fragte er sich, wann er die Katze das letzte Mal gesehen hatte und konnte sich nicht erinnern. Er ging davon aus, dass sie bei einem Streifzug ums Leben gekommen sei. Vielleicht hatte der Nachbarshund sie schlussendlich doch erwischt. Sein Herz wurde von diesen Gedanken nicht schwer und eines Tages hatte er sie gänzlich vergessen, hatte die jugendlichen Abenteuer vergessen, die tiefe Zuneigung, die beide füreinander empfanden, die Unzertrennlichkeit, die sie verband und auch das halb abgerissene Ohr. Genau jenes Ohr, das er jetzt vor sich sah.

»Lilly?«, fragte Oskar mit feuchtem Blick.

Die Katze erwiderte den Blick, doch in ihren Augen spiegelte sich keine Trauer, sondern Wut. Und es war nicht die Wut darüber, dass Oskar durch seine unbedarfte Bewegung das Eichhörnchen verscheucht hatte, sondern es war die Wut einer verlassenen Katze, die Wut einer enttäuschten Freundschaft und die Wut eines gebrochenen Herzens. Sie fauchte leise und fuhr ihre Krallen aus, Oskar durchgängig fixierend.

Doch als sie die Tränen in den Augen der Leiche sah, die einmal ihr bester Freund gewesen war, ließ sie sich erweichen. Oskar fiel auf die Knie und umarmte die auf ihn zukommende Katze. Sie roch noch genauso wie früher. Irgendeine Magie musste sie nach ihrem Tod so erhalten haben wie sie war. Er war traurig, dass er seine geliebte Spielgefährtin so behandelt hatte und Lilly spürte die unausgesprochene Entschuldigung.

Als sie die Umarmung lösten, guckten sich beide wie einst in die Augen und Oskar konnte plötzlich die Welt wieder mit Kinderaugen sehen. Der Baum, auf den der skelettierte Nager geflüchtet war, erschien ihm jetzt wie ein riesiger Troll mit starken, mächtigen Armen und grimmigem Blick. Die aufgereihten Grabsteine hinter ihm formten in seiner Fantasie die Schilde eines gewaltigen Heeres. Der Busch vor ihm, einen dichter Zauberwald, den es zu erkunden galt. Egal was er in seinen Gedanken ausschmückte, Lilly schien es ebenfalls zu sehen. Oskar hatte etwas zurückgewonnen, was er am Ende seiner Kindertage verloren hatte.

»*Wie fühlst du dich?*«, fragte die Stimme im Ohr.

Doch Oskar antwortete nicht. Er genoss einfach den Moment mit der toten Katze und seiner wiedergewonnenen Kindlichkeit. Auf der Suche nach weiteren Zauberorten ließ er die Augen umherschweifen.

Hinter ihnen erstreckte sich ein großer Hügel, auf dem eine prächtige Krypta errichtet worden war. Sie war aus solidem Stein gebaut und mit zahlreichen Ornamenten verziert, deren Detailreichtum Oskar von der Ferne aus nicht richtig sehen konnte. Ein seltsamer grüner Schimmer ging von dem Gebäude aus. Oskar war fasziniert von dem gleißenden Licht.

»*Schau Oskar, das Licht …*«

»Ja, ja. Ich hab's gesehen«, unterbrach Oskar die mystische Stimme.

Tatsächlich wirkte es tief und anziehend auf ihn. Er konnte nicht anders, als näher an das Licht heranzugehen.

Es dauerte nicht lange, da hatte er das gusseiserne Tor erreicht, welches den Eingang zu der Ruhestätte versperrte. Die Beschläge waren schon eingerostet, doch ansonsten sah das Gitter noch intakt aus. Langsam griff er nach den metallenen Streben und öffnete die Eingangspforte. Es quietschte verräterisch, als das Tor aufglitt.

Wie durch das Geräusch aufgeweckt, wurde der schimmernde Glanz mit einem Mal kräftiger und verwandelte sich plötzlich in ein zorniges Rot.

»Verschwinde!«, brüllte von innen eine wutverzerrte Frauenstimme.

Das Tor schlug mit einer derartigen Wucht wieder zu, dass es Oskar fast die Hand vom Gelenk getrennt hätte. Verblüfft wich er zurück. Dann streckte er neugierig die Hand aus, um das Tor erneut zu öffnen.

»Das würde ich nicht tun«, vernahm er Tods Stimme. »Dort drin ist der ruhelose Geist der traurigen Luana.«

»Traurig?! Sie kommt mir eher stinksauer vor«, kommentierte Oskar die Erklärung des Knochenmannes.

»Trauer äußert sich halt in verschiedenen Formen«, gab Tod zu bedenken.

»Wieso ist sie denn traurig?«

Neben der Neugierde schwang auch etwas Besorgtheit in Oskars Worten, was merkwürdig war, denn bei all den Erinnerungen, die ihm bis jetzt aus seinem vergangenen Leben gekommen waren, hatte er sich offensichtlich nicht wirklich Gedanken um andere Menschen gemacht. Tod blickte Oskar an.

»Nun, ich glaube, du wurdest gerade eingeladen das selber herauszufinden.«

Er deutete auf das Tor, welches sich lautlos geöffnet hatte. Der Lichtschein im Inneren wechselte flackernd zwischen dem traurigen Blau und dem zornigen Rot. Es wirkte, als ob die Quelle des Leuchtens zwischen diesen Emotionen hin und her wechselte und sich nicht für eine entscheiden konnte. Oskar lief erst zaghaft auf das Tor zu. Dann sprang er zügig mit einem großen Schritt in das Innere. Er wollte vermeiden, dass die Einladung genau in dem Moment zurückgezogen wurde, in der er das Tor passierte und er mit einem lauten Knall in zwei Hälften geteilt würde. Als er den kleinen Raum betrat, schloss sich die Tür sanft hinter ihm.

Von innen war das Gebäude etwas geräumiger, als es von außen den Anschein gehabt hatte. Kunstvoll in den Stein gemeißelte Reliefs verzierten die Wände. Sie porträtierten geflügelte Engelswesen in unterschiedlichsten Positionen. Eines stützte sich heroisch auf ein breites Schwert und fungierte wohl als Wächter über die hier zur Ruhe gebettete Seele. Eine anderes kniete trauernd vor einem kleinen Stein. Die Decke bestand aus einem prachtvollen Fresko, das ebenfalls Engel zeigte, die einen leblosen Mädchenkörper hinauf in den Himmel trugen. Das Mädchen hatte langes rotes Haar, dessen Locken wild von ihren Schultern herabhingen. Nur ein dünnes weißes Nachthemd verhüllte sie.

In der Mitte des Raumes stand ein großer Sarg, der aus Stein gehauen war. Und dort auf dem Deckel saß die Quelle des Leuchtens. Es war eine transparente Gestalt, welche – die Hände ins Gesicht vergraben – dort hockte und schluchzende Geräusche von sich gab, während der Schimmer um sie herum kontinuierlich die Farbe von Rot zu Blau wechselte.

Als Oskar näher trat, sah sie auf und blickte ihn mit verweinten Augen an. Sofort erkannte er, dass es dasselbe Mädchen war, welches auf dem Deckengemälde zu sehen war.

»Hallo«, sagte Oskar vorsichtig. Nach der Geschichte mit dem zugeschlagenen Tor wollte er die Unterhaltung behutsam beginnen.

Sein Gegenüber antwortete nicht. Anstatt weiter mit ihr zu reden, setzte er sich einfach neben sie auf den kalten Steindeckel. So nah bei dem Gespenst spürte er förmlich die sich abwechselnden Gefühle von Wut und Trauer. Er fühlte die Hilflosigkeit dieses Kreislaufes, der immer wieder von Neuem begann, angetrieben von schmerzhaften Erinnerungen der Demütigung und des Verlassenwerdens.

»Warum?«, sagte das tote Mädchen plötzlich und sah Oskar fragend an.

Da er die Frage nicht ganz verstand, blickte er einfach fragend zurück.

»Warum hat er mir das angetan? Warum ich? Warum war er so kalt und rücksichtslos?«

Oskar ahnte was passiert war, denn in diesem Moment sah er unzählige Gesichter von jungen Mädchen in seinem Geiste auftauchen, die alle dieselben Fragen aufwarfen. Laut, schmerzhaft und alle mit strafendem Blick an ihn gerichtet. Die Erinnerungen taten ihm weh, kamen sie doch so schlagartig und geballt.

Als Lebender war er nicht nett mit den Gefühlen anderer Menschen umgegangen. Es ging ihm ausschließlich um die Befriedigung seiner eigenen Bedürfnisse. Das Brechen eines Herzens regte damals kein Mitleid in ihm. Er war gut darin die jungen Damen zu betören und sie für sich zu gewinnen. Doch schnell war bei ihm die anfängliche Leidenschaft verflogen und er hatte sich einer neuen Eroberung zugewandt. Den Scherbenhaufen, den er dadurch hinterließ, hatte er nie zu sehen bekommen, so schnell war er immer verschwunden. Viele Mädchen vergossen wegen ihm Tränen. Viele weinten sich seinetwegen des Nächtens in den Schlaf. Viele Mädchen, die es nicht verdient hatten, die große Liebe versprochen zu bekommen und dann so schändlich fallen gelassen zu werden. Und genau so ein Mädchen saß nun neben ihm und funkelte ihn zornig an.

»DU!«, rief sie.

Ihre Augen wurden schwarz wie die Nacht, die roten Nebelschwaden ihrer Geistergestalt peitschten wild umher und ihr wallendes Haar war zu einem Meer aus fürchterlichen Flammen geworden.

Oskar wusste nicht viel von Geistern, doch anscheinend besaßen sie die Fähigkeit Gedanken zu lesen. Und diese Erscheinung hier schien verdammt gut darin zu sein.

»Du! Du bist genauso wie er!«, schrie sie.

Sie hatte sich erhoben und schwebte in voller Größe vor Oskar. Dieser hatte den Sargdeckel ebenfalls verlassen, doch war er eher sehr spontan und beängstigt von ihr herunter gesprungen und war dabei auf den Boden gestürzt.

»Du hast auch unzählige Herzen gebrochen! Genau wie meins! Du hast alle nur belogen. Sie nur ausgenutzt. Zum eigenen Vergnügen mit mir gespielt! Mein Leben ruiniert … «

Mit jedem Satz wirbelte sie mit den Händen umher und warf brennende Pfeile auf Oskar. Schützend hielt er den rechten Arm vor sein Gesicht. Die Flammen schlugen auf den seidenen Beerdigungsanzug und hinterließen qualmende Rauchschwaden.

Ihm entging nicht, dass sie in die Ich-Form gewechselt war und ihn direkt beschuldigt hatte. Ihr lodernder Hass richtete sich jetzt gegen den am Boden hockenden Toten und nicht gegen ihren Verflossenen, der ihr das

Herz zerfetzt und die Seele gebrochen hatte. Und zu Recht, musste sich Oskar eingestehen. Bei den unzähligen Mädchenträumen, die er zerstört hatte, war es nur fair, dass er diese Wut abbekam.

»… Du hast mich in den Tod getrieben!«

Oskar erstarrte bei diesen Worten. Er hatte sich nie Gedanken darüber gemacht, wie groß das Leid gewesen war, dass er über seine vergangenen Affären gebracht hatte. Jetzt, da er selbst die Grenze vom Leben zum Tod überschritten hatte, war die Vorstellung, dass ein junges Mädchen wegen seiner Sucht nach Spaß und Abenteuer die Lust am Leben verloren hatte, quälend und riss eine tiefe schmerzhafte Wunde. Was hatte er da nur angerichtet?

Die Einschläge der Feuerblitze wurden immer heftiger.

»Es tut mir so leid«, rief Oskar. Laut und ehrlich. »Es tut mir so leid, was ich getan habe.

Es rutschte einfach so aus ihm heraus. Ein weiterer Feuerball schlug auf ihn ein. Der Kontrolle über seinen Geist beraubt, griff er nach dem erstbesten Gegenstand, der in Reichweite seiner Hand war und streckte ihn verteidigend nach vorne.

»Es tut mir so leid«, wiederholte er, mehr zu sich selbst sagend.

Das Gesicht gut versteckt, erwartete er den nächsten Angriff. Doch es geschah nichts – kein Wutschrei, kein glühender Aufprall. Oskar blickte zaghaft aus seiner Deckung hervor.

Vor ihm schwebte die geisterhafte Erscheinung. Sie hatte wieder ein friedliches Blau angenommen. Ihre Haare lagen wild und zerzaust auf ihren Schultern. Nur in ihrer Brust glühte ein roter Klumpen, den sie mit ihren durchsichtigen Händen erfolglos zu verdecken versuchte. Über ihr Gesicht liefen kleine, fast stoffliche Tränen.

Dann erkannte Oskar, was er da schützend vor sich in der Hand hielt und ihm wurde klar, was gerade passiert war. Das Grabgesteck, welches auf dem Sarkophag gelegen hatte, musste heruntergefallen sein, als er, Deckung suchend, heruntergesprungen war. Dabei war es auseinander gefallen und die Blumen hatten sich auf dem Boden verteilt. In seiner Panik hatte er nach dem Erstbesten gegriffen, was er in die Hand bekam. Und genau das hielt er jetzt vor sich. Es war eine Rose, rot leuchtend. Kräftig und frisch, so als wäre sie gerade erst geschnitten worden.

Der weibliche Geist blickte nur starr auf die Blume. Sie nahm Oskar gar nicht mehr wahr. Die Kombination aus seinen entschuldigenden Worten und dieser Geste schienen ihr Leid gebrochen zu haben. Auch wenn es nur stellvertretend war. Das war es, worauf sie so lange gewartet hatte. Nur eine kleine, winzige, ehrlich gemeinte Entschuldigung, die ihr das Gefühl zurückgab etwas Wert zu sein.

Zaghaft berührte sie die Rose mit ihren Fingern und streichelte sie sanft.

»Ich vergebe dir«, hauchte sie leise.

Dann schloss sie die Augen, trat einen Schritt zurück und ließ sich nach hinten fallen, direkt in den hinter ihr stehenden Sarg. Als ihre transparente Hülle durch den Stein glitt, konnte Oskar ein Lächeln auf ihren Lippen erkennen.

Langsam stand er auf, noch immer die Rose in seiner Hand haltend. Er wusste, was er zu tun hatte. Behutsam schob er die schwere Steinplatte, unter der die Tote zur Ruhe gebettet war, ein kleines Stück zur Seite. Im Inneren lag ein Skelett in einem wunderschönen weißen Kleid. Sie musste schon vor Jahrhunderten gestorben sein. Warum die Blumen nach all den Jahren noch so gut erhalten waren, konnte sich Oskar nicht erklären. Doch war ihm das auch nicht wichtig. Vorsichtig nahm er die Arme der für immer Schlafenden und legte sie so, dass beide Hände über der Brust verschränkt waren. Dann steckte er andachtsvoll die Rose dazwischen, sodass sie nahe an dem Ort lag, wo früher das Herz schlug.

Kurz bevor er den Deckel wieder zuschob, erschien noch einmal der Geist des Mädchens. Sie lag nun an genau der gleichen Stelle wie ihr Skelett. Ihre geisterhafte Erscheinung umhüllte die alten Knochen. Sie blickte Oskar tief in die Augen.

»Danke«, sagte sie lächelnd.

Oskar nickte und verschloss den Sarg, damit sie in Ruhe schlafen konnte. Grübelnd verließ er die Krypta. Er hatte sich nie darüber Gedanken gemacht, was aus den Herzen wurde, die er gebrochen hatte. Er hatte stets die Vergangenheit hinter sich gelassen, hatte sich umgedreht, war gegangen und blickte nie wieder zurück. Jetzt war ihm elend zu Mute. Elend über sein selbstsüchtiges, widerwärtiges Verhalten. Er wünschte sich jemand anderes zu sein.

Es war kühl und frisch, als er aus der Grabkammer heraustrat. Die Nacht hatte ihren Höhepunkt erreicht und der große Tanz begann. Die Trommeln schlugen wild. Verschiedene Melodien purzelten durch die Luft und ergänzten sich zu einem gemeinsamen, heiteren Klang.

Von dem Hügel aus sah er das alte Paar, welches fröhlich und beschwingt über den Totenacker tanzte. Sie küsste ihn liebevoll auf die Lippen. Na ja, eigentlich war es mehr ein Aneinanderklappern von Zähnen, denn die Lippen hatten schon vor Ewigkeiten das Zeitliche gesegnet. Hin und her schwang der Mann die alten Knochen seiner Angetrauten, packte sie mit seinen quietschenden Fingern an die künstliche Hüfte. Durch eine unbedarfte schwunghafte Bewegung verdrehte sich das alte Skelett einen Wirbel. *Knack* machte es, und er stöhnte kurz auf. Doch er und seine Frau kannten sich schon seit Ewigkeiten. Liebevoll tastete sie sein knochiges Rückgrat entlang und drehte den Wirbel einfach wieder zurück, wie sie es schon hunderte Male gemacht hatte. Dann tanzten sie weiter.

Schon einen kurzen Moment später packte er seine Frau bei der Hand, wirbelte sie herum, und ließ sie am ausgestreckten Arm von sich weg fallen, so wie er es in den wilden Zeiten ihrer Jugend getan hatte. Und genauso schwungvoll, wie in ihrer frisch verliebten Phase, wollte er sie wieder an sich heranziehen. Doch anstatt seine Gemahlin wieder fest an sich zu drücken, hielt er nur noch ihren Arm in der Hand, der sich vom Schultergelenk gelöst hatte. Der Rest seiner Gattin purzelte auf den Boden. Der Schwung musste wohl etwas viel für ihren mittlerweile gebrechlichen Körper gewesen sein.

Verdattert stand er da – den Arm seiner Liebsten in der Hand haltend. Ebenso überrascht lag sie auf dem Boden und sah zu ihm herauf. Dann fingen sie plötzlich aus ganzem Herzen an zu lachen. Und sie lachten so ungezwungen, dass Oskar es sich nicht verkneifen konnte in die Heiterkeit mit einzustimmen. Er war erstaunt. Selbst in solch einer Situation waren sie liebevoll zueinander und konnten diesen kleinen Unfall mit Fröhlichkeit überspielen.

Oskar ging zu dem alten Paar herüber. Sie hatten sich auf einer Bank niedergelassen. Der alte Mann befestigte vorsichtig den Oberarmknochen seiner Frau an ihrem Schulterblatt. Er schien darin Übung zu haben, denn nach wenigen Handgriffen konnte sie ihren Arm wieder in komplettem Umfang benutzen. Dankbar streichelte sie ihm sein knochenblankes Knie, das aus der zerschlissenen Hose herausguckte.

»Das ist unser Geheimnis«, sagte der alte Mann, der Oskars staunenden Blick bemerkte.

»Wenn bei uns etwas kaputt ist, dann reparieren wir es einfach. Fällt bei dem einen was ab, kleben wir es wieder dran. Hängt der Haussegen schief, dann schieben wir ihn wieder gerade. Ist einer verletzt, dann heilt der andere ihn. So haben wir es schon immer gemacht und dadurch konnte uns auch nie etwas auseinander bringen.«

Oskar war beeindruckt von der Hingabe, mit der sich beide umeinander kümmerten.

»Es scheint, als wenn ihr wie füreinander geschaffen seid«, bemerkte Oskar.

»Als wir uns kennenlernten, sah es anfangs nicht gut aus«, begann der Mann zu erzählen, »Ich hatte ein gebrochenes Herz und wollte von der ganzen Welt nichts mehr wissen. Doch sie hat nicht locker gelassen …«,

»Ich wusste einfach, dass er der Richtige war. Gleich vom ersten Augenblick an.«

Seine Frau sah ihn mit verträumten Augen an.

»Das erste Mal, als er mich angelächelt hat, habe ich nie vergessen. Sein Blick hatte sich sofort in mein Herz gebrannt und ich wusste, dass ich ihn nicht mehr gehen lassen werde«, fügte sie glücklich hinzu und schmiegte sich an die alten Knochen ihres Mannes.

Weitere Erinnerungen tauchten in Oskars Kopf auf. Er bewunderte, wie hartnäckig sich das alte Paar an ihre Liebe geklammert hatte. Wie sie es schafften, die Gefühle füreinander über diese lange Zeit aufrecht zu erhalten und immer wieder neu zu beleben.

Er blickte wehmütig auf seinen Grabstein. Dort würde nie ein weiterer Name eingemeißelt werden. Hätte er die große Liebe gefunden, wenn er länger gelebt hätte? Hätte er sie dann auch halten können? Oder hätte er sie beim ersten Anzeichen von Problemen weggeworfen, wie er es unzählige Male zuvor getan hatte?

Er schaute noch einmal zu dem alten Paar und erkannte, wie wichtig es war an einer Beziehung zu arbeiten. Dass der andere Mensch kein selbstverständliches Geschenk ist, das man jederzeit austauschen kann, sondern wie entscheidend es ist, sich jeden Tag darüber bewusst zu sein, wie wertvoll eine tiefe und ehrliche Liebe ist.

Oskar war wütend, ärgerte sich. Ärgerte sich über sich selbst, seine Lebenszeit, über die Art, wie er mit anderen umgegangen war.

Was hatte ihn nur zu dem gemacht, der er war? Was verändert einen Menschen so derart, dass er sich in so einen herzlosen, gefühlskalten Stein verwandeln konnte? Oder war er schon immer so gewesen? Wurde er so geboren? Als Monster in die Welt gesetzt?

Über all diesen Antworten lag noch immer der Schleier des Vergessens, der durch seinen Tod ausgelöst wurde. Er fragte sich auch, warum er nun so anders über sich selbst dachte. Wenn er tatsächlich ein natürlich geborenes Ekelpaket war, warum dachte er dann jetzt nicht so egoistisch und emotionslos? Hatte der Tod ihn verändert? Hatte sein dramatisches Dahinscheiden ihn geläutert? Hatte er durch das Vergessen wieder zu seinem ursprünglichen Naturell zurückgefunden?

Die schiere Flut der Fragen, die auf ihn herabstürzte, nahm ihm die Kraft in seinen Beinen. Er setzte sich auf eine große Wurzel, die in Kniehöhe aus dem Baum hinter ihm herauswuchs.

Er sah auf die vergnügten Toten, die in buntem Reigen über die Erde tanzten. Der alte Pirat hatte sein Holzbein abgeschnallt und schwang es gut gelaunt zum Takt, während er den niemals versiegenden Rum aus seiner Flasche in sich hinein kippte, ganz so wie Oskar es zu Lebzeiten getan hatte. Er wusste nicht, ob dieser Anblick ihn belustigen oder bekümmern sollte.

Er sah Vladimir, der ebenfalls ausgelassen in den Armen einer toten Dame lag und sich das schüttere Haar auf der immer weiter zurückgehenden Kopfhaut kraulen ließ. Oskar hatte ihm so übel mitgespielt, sich an diesem fremden Leben bereichert, und doch hatte er ihm verziehen. Ob er wohl jemals einen gleichwertigen Großmut besitzen würde?

Aus dem Tor der Krypta blickte ein schüchterner, verstohlener Blick. Luana hatte sich noch einmal aus ihrem steinernen Schlafgemach erhoben und schaute neugierig auf das Fest zu ihren Füßen. Noch traute sie sich nicht heraus – zu lange war sie allein gewesen – doch Oskar war sich sicher, dass es nicht mehr viele Nächte dauern würde, bis sie sich zu den Feiernden dazu gesellen würde.

Schuld und Erleichterung mischten sich bei ihrem Anblick in seiner Brust – die Schuld unzähliger gebrochener Herzen lag noch immer auf ihm, und doch war er durchflutet von der Erleichterung, wenigstens einer ruhelosen Seele geholfen zu haben. Vielleicht konnte er in seinem Nachleben doch noch Gutes tun.

Unbemerkt hatte sich Lilly an ihn herangeschlichen und war auf seinen Schoß geklettert. Erst, als sie sich leise rekelte, bemerkte er sie und stellte fest, dass er bereits ganz zärtlich ihren Nacken kraulte. Als sie so auf seinen Knien lag, stiegen die Erinnerungen an eine unbeschwerte Kindheit wieder in ihm auf und er genoss das wohlige Gefühl.

Dann erblickte er wieder das alte Paar, das eng umschlungen über den Friedhof tanzte. Weder im Leben, noch im Tod, konnten sie voneinander lassen. Das perfekte Paar, das sich nie gesucht und doch gefunden hatte. Das perfekte Paar, das genau zueinander gehörte, wie Schloss und Schlüssel, wie Baum und Borke, wie Kettenglied und Kettenglied. Wie Oskar und …

Ihm stockte der Atem, oder hätte es zumindest getan, wenn seine Lungen noch arbeiten würden. Mit einem gewaltigen Schlag fiel der Vorhang und gab den Blick auf seine intensivsten Erlebnisse frei.

Der Schmerz, die Trauer, der Verlust. Die Lähmung, die Hilflosigkeit, die Wut. Der Zorn, die Hoffnungslosigkeit, die Einsamkeit.

»Das hattest du auch vergessen, oder?«, fragte Tod, der sich zu Oskar gesellt hatte.

Oskar nickte. Doch jetzt war die Erinnerung wieder da.

Oskar war nicht von Geburt an gleichgültig gegenüber den Empfindungen anderer Lebewesen gewesen. Er wurde nicht als Egoist geboren und erblickte auch nicht als gefühlskalter Egomane das Licht der Welt. Als Kind hatte er Träume, Fantasie und ein riesengroßes Herz. Er liebte die Natur, die Tiere, die Menschen, einfach alle Dinge erschienen ihm als freundliche, positive Errungenschaften des Lebens, einer unendlichen Welt voll Freude und Glück … Bis zu jenem Tag, an dem sich alles änderte. Ein kurzer Augenblick in dem eine ganze, kleine, jugendliche Welt in das Gegenteil verkehrt wurde. In eine Welt die von nun an groß, erdrückend und eiskalt war. Eiskalt wie die Erscheinung, die er ab da an durch Oskars Hülle präsentierte. Weggeschlossen hatte er seine Emotionen. So tief in seinem Inneren versteckt, dass er sie selbst nicht mehr finden konnte, bis er Stück für Stück immer mehr die Bindung zu ihnen verlor.

Wie bei unzähligen anderen Menschen vor ihm und noch wesentlich mehreren nach ihm, wurde sein kleines Herz gebrochen. Bekam einen derartigen Knacks ab, dass es sich nicht mehr selbst reparieren konnte.

Oskar schwieg, gelähmt von seiner Erinnerung, über die er nicht sprechen wollte.

»Warum hast du mich hierher gebracht?«, fragte er schließlich zu Tod gewandt. »Ich dachte, es gäbe so etwas wie eine Hölle? Gehöre ich nicht genau dorthin, nach allem, was ich getan habe?«

»Du hast Leid verursacht, weil du selbst nicht mit dem eigenen umgehen konntest. Weil niemand für dich da war und dich aufgefangen hat. Weil niemand dir zeigte, wie du dich aus dem traumatischen Strudel befreien konntest. Musst du deshalb in so etwas wie eine Hölle?«, fragte Tod.

»Ich weiß es nicht«, antwortete Oskar.

Ihm war nun bewusst, was die Ursache seines Handelns gewesen war. Und obwohl er sich in diesem Moment noch nicht selbst verzeihen konnte, hatten diese Erkenntnis und Tods Worte eine beruhigende Wirkung auf ihn.

»Mach dir keine allzu großen Gedanken. Dein Herz war erfroren, aber es saß immer noch am richtigen Fleck.« Tod deutete auf Oskars leblose Brust. »Du wirst den Tod sicher besser meistern als den letzten Teil deines Lebens.«

»Vielleicht hast du Recht. Vielleicht ist es an der Zeit wieder zu mir zurückzufinden«, erwiderte Oskar. »Aber eins lässt mir keine Ruhe. Es gibt so unbeschreiblich viele Arten zu sterben. Das Leben ist so fürchterlich zerbrechlich. Es ist so kostbar und reich an Dingen. Und so unglaublich schnell vorbei. Warum ist einem das nicht bewusst, wenn man noch am Leben ist?«

Oskar wurde nachdenklich. Er wünschte sich die Zeit zurückdrehen zu können. Noch einmal von vorne anfangen. Ein paar Fehler weniger machen. Weniger Menschen verletzen, weniger verlieren.

»Oskar,«, sprach Tod, der die Gedanken in den Augen des jungen Mannes lesen konnte, »du kannst dein Leben nicht mehr ändern. Du bist tot. Dir bleiben nur die Freude und der nächtliche Spaß hier auf dem Totenacker. Aber vielleicht hilft deine Geschichte dem einen oder anderen Lebenden, sein Leben zu ändern, bevor es zu spät ist.«

Oskar nickte zustimmend.

»Hilfst du mir sie zu erzählen?«

»*Na klar!*«, hörte Oskar auf einmal wieder die magische Stimme. Diesmal war er noch verwirrter als die anderen Male. Wie sollte eine Stimme in seinem Kopf ihm bei seinem Vorhaben behilflich sein? Er blickte zu Tod, der sichtlich amüsiert auf Oskars rechtes Ohr guckte.

»Larry! Da bist du ja!«, rief Tod und griff unversehens hinter das Ohr des Neuankömmlings.

»Das ist Larry die Made, ein alter Freund von mir. Ich habe ihn schon den ganzen Abend gesucht«, erklärte Tod zu Oskar gewandt.

Oskar musste schmunzeln, als er erkannte, dass es nicht eine Stimme *in* seinem Ohr, sondern *hinter* diesem gewesen war, die ihn die ganze Zeit über geleitet hatte. Da lachte er laut und vergaß für einen Moment seine Vergangenheit. Er nahm die kleine Made und setzte sie sich auf die Schulter. Larry grinste süffisant und hüpfte vor Freude. Sicher hatte sie schon den nächsten Schabernack im Sinn.

Als die Nacht sich dem Ende neigte, legte sich Oskar müde aber wohlig beseelt von den vergangenen Stunden in sein frisch gemachtes Grab. Er wusste nun wieder alles. Er hatte Fehler gemacht, schlimme Fehler. Doch er erinnerte sich auch an sein kindliches Selbst. Erinnerte sich an die Freuden, die ihm das Leben geschenkt hatte. Und ihm war bewusst, wie unglaublich viel Zeit seines Lebens er verschwendet hatte. Im Tod würde er das anders machen. Das nahm er sich ganz fest vor.

Behutsam schob er den Sand zu einem angenehmen Kopfkissen und schaufelte etwas Erde wie eine Decke über seine Beine. Als er sich auf den Rücken legte, fing die Sanddecke wie von Geisterhand langsam an, sich über ihm zu schließen. Er blickte in den Nachthimmel und betrachtete die unzähligen kleinen, leuchtenden Nadelstiche in dem rabenschwarzen Vorhang.

Der Mond sah ein letztes Mal auf den Schauplatz des nächtlichen Treibens, bevor er sich langsam zurückzog, um dem neuen Tag Freiraum zu verschaffen. Wie jede Nacht hatte er ein Lächeln auf seinem hell erleuchteten Gesicht. Tod blickte noch einmal zu seinem alten Bekannten hinauf. Er war sich sicher, wem in dieser Nacht das Lächeln gegolten hatte.

Das Leben ist schön

»Das Leben ist schön«, sagte er.

Er war davon überzeugt, absolut und vollkommen. Sie war sich da nicht so sicher. Immerhin gab es im Leben sehr viele Fallstricke, die auch schon einmal das Glück ins Straucheln brachten. Manchmal kam es ihr vor, als hätte sie die meisten davon ausprobiert. Deswegen konnte sie sich einfach nicht von einer solch pauschalen Aussage verführen lassen.

»Das Leben ist schön«, wiederholte sie gedankenversunken. »Schön Scheiße, oder?«

Mit einem Auge zwinkerte sie ihm zu. Sie wusste, dass sie ihn damit auf die Palme bringen konnte.

Er hatte bis jetzt ein recht sorgenloses Leben geführt. Reiches Elternhaus, durchgängige Unterstützung, finanziertes Studium, Job in der Firma des Vaters. Keine großen Krankheiten, keine Todesfälle in Familie oder Freundeskreis. Das klassische Friede-Freude-Eierkuchen-Ponyhof-Regenbogen-Einhorn-Feenstaub-Leben. Sie mochte ihn trotzdem, oder vielleicht sogar deshalb, bildete er doch einen recht deutlichen Kontrast zu ihrer Vergangenheit.

Etwas, das immer gut läuft als *schön* zu bezeichnen, das ist nicht schwer. Doch wenn man auch die Schattenseiten davon kennt, dann ist das nicht immer ganz so einfach. Das wusste sie aus eigener Erfahrung. Höhen und Tiefen, die gehörten dazu. Zumindest war das ihre Sicht der Dinge.

»Nein, das Leben ist schön«, bestand er auf seiner Aussage.

Sie merkte, wie er ärgerlich wurde und versuchte auf seiner Meinung zu beharren.

»Schön anstrengend?«, konterte sie mit verschmitztem Witz auf den Lippen.

Sie konnte erkennen, dass es ihm gar nicht gefiel, dass sie ihn aufzog. Das tat es nie. Doch die Frage brachte sie plötzlich zum Nachdenken. Ja was war denn das Leben nun? Schön? Schlecht? Beides?

Das Leben ist schön. Nein, so nicht! Sie mochte es nicht, wenn Leute einfach lapidar dahinpauschalisierten, dass das Leben schön sei. Viel zu oft steckte da eine blendende Lebenslüge dahinter, die die eigentliche Wahrheit überdeckte. Denn das Leben war nicht schön. Es war unwegsam, gespickt mit Verletzungen und Gefahren, teilweise brutal, zuweilen sogar tödlich.

Aber … man konnte sich das Leben schön machen. Das glaubte sie, davon war sie überzeugt. Das Glück im Leben war kein Geschenk irgendeines Himmelswesens, noch von irgendeiner göttlichen Instanz garantiert. Glück konnte man nicht einfordern. Man musste hart arbeiten, um sich das zu erfüllen, was jeder für sein persönliches Glück hielt. Darauf beharrte sie, das entsprach ihrer Philosophie. Und hart dafür arbeiten, das versuchte sie, jeden Tag, mit kleinen winzigen Schritten. Jeden Tag einmal lächeln. Jeden Tag einmal stolz auf sich sein. Diese Kleinigkeiten erfüllten sie mit Freude. Das hatte sie nach vielen Jahren erreicht. Doch der Weg bis dahin war lang und steinig gewesen.

Und überhaupt, muss es denn immer Glück sein? Nein! Sie kam aus einer Welt jenseits des Glücks, und sie wusste, dass sich manchmal ein Leben in purer Zufriedenheit erfüllender anfühlte, als das immerwährende Streben nach dem Glück, nach der absoluten Vollkommenheit.

Eigentlich wird einem im Leben ganz schön viel zugemutet, wanderte sie weiter in ihren Überlegungen. Man wird brutal in die Welt hinaus gestoßen, unfähig zu krabbeln, sich fortzubewegen. Ohne Chance alleine Nahrung aufzunehmen. Außer Stande überhaupt in verständlicher Form mit anderen zu kommunizieren.

Bereits zum Anfang ist man auf ältere Artgenossen angewiesen, sonst ist es mit dem Leben gleich wieder vorbei. Wenn sich niemand um einen kümmert, einen warm hält, Essen gibt, dann ist die Nummer ruck zuck durch.

Vermutlich wünscht man sich, so gänzlich neugeboren, dass das große Ding vor einem versteht, was man da plärrt. Man hat ja selbst keine Ahnung, was dieser Erwachsene da brabbelt, mit seinem *Gutschi Gutschi* oder *Heitschi Deitschi.*

Doch sobald die rudimentären Elemente der Sprache und Kommunikation erlernt sind, hört man nur noch: ›Tu dies nicht!‹, ›Tu das nicht!‹, ›Sei artig!‹, ›Das darfst du nicht!‹, ›Nimmst du die Hand von der Kettensäge!‹.

Da wünscht man sich schnell in die Zeit zurück, in der man noch ganz ahnungslos und niedlich guckend auf dem Rücken liegen konnte. Aber es hilft ja nichts, der Rückweg ist versperrt.

Aber besser wird es auch nicht. Hat man die ersten Jahre halbwegs überstanden und es sich zwischen Spielzeug, Kuscheltieren und Lieblingsecke gemütlich gemacht, heißt es plötzlich *Ab in die Schule.* Jeden Tag still sitzen und aufpassen. Vorbei der Spaß, obwohl das Leben erst angefangen hat. Da kämpft man sich dann halt tapfer durch. Damit man später einen guten Job bekommt, sagen zumindest die Großen. Doch es beschleicht einen schon die Ahnung, dass die Geschichte noch unspaßiger wird, als das tägliche zur Schule rennen.

Und wofür das alles? Nur, um danach in der Pubertät zu landen. Und na holla, wenn das keine Zumutung ist! Pickel, Hormone, Stimmungsschwankungen. Haare an bisher unbekannten Stellen, Schweißausbrüche und seltsame Körperreaktionen. Jungs bekommen quietschende Stimmen, Mädchen ihre Tage. Ob man darauf verzichten könnte? Na sicher doch. Aber da kennt das Leben kein Pardon. Da muss man halt durch.

Na ja, und dann? Ausbildung oder Studium. Jahrelang rackern, lernen, büffeln, Klausuren schreiben, Hausaufgaben vergessen, nachsitzen. Aber man hat ja ein Ziel – frei und unabhängig zu sein.

Mit erfolgreich bestandenem Abschluss ist man das dann aber auch. Jetzt ab ins Leben, die Freiheit ruft.

Aber schnell zeigt sich, dass Freiheit ohne Geld nicht lange gut geht. Also sucht man sich notgedrungen den erstbesten Job, und schon ist es mit dem Traum vom ungezwungenen Leben fürs Erste auch wieder vorbei.

Nun gut, wenigstens hat man jetzt Kohle, das ist doch schon einmal eine Verbesserung. Doch dummerweise stellt man postwendend fest, dass einem jetzt die Zeit und die Kraft fehlen, das Geld auszugeben. Denn das viele Arbeiten fordert seinen Tribut und anstatt sich an Balis Traumstränden zu sonnen, tut es dann plötzlich auch die heimische Couch, mit ausgestreckten Beinen auf dem Sofatisch. Aber na gut, das Geld kann man ja ansparen – für's Alter und so.

Also fleißig malocht und auf die Rente gefreut. Dann startet es endlich durch, das große Abenteuer des *Lebens*. Dann hat man wieder Zeit und sogar das nötige finanzielle Polster.

Aber was mit beidem anfangen, wenn die Beine schmerzen, der Rücken krumm ist, die Augen nicht mehr wollen und die Arthrose einem bewusst macht, wie abgenutzt der Körper ist? Schöne Aussichten!

Und zu allem Übel wird einem zusätzlich noch diese Sache mit der Liebe zugemutet. Erst einen finden, der einem gefällt. Dann traut man sich nicht, dann will *er* nicht. Dann sieht man ihn mit einer Anderen. Dann kommt einer, der einen will, auf den man selber aber nicht steht. Dann macht es auf einmal *Peng*, sogar bei dem Auserwählten. Gefühle fliegen in luftiger Höhe. Die Welt gleicht einem Blumenmeer. Es fühlt sich alles rosarot, beschwingt, fröhlich an.

Aber nach ein paar Monaten, wieder *Peng*, nur diesmal anders herum. Weg ist *er*. Weil man inkompatibel sei, heißt es zumindest. Plötzlich liegen die Emotionen am Boden. Der Verbrauch an vollgeschnieften Taschentüchern steigt in die Höhe, der Konsum von Schokoladenpralinés und romantischen Liebesschnulzen verhält sich kongruent, und nach ein paar Monaten heulen, geht die ganze Chose wieder von vorne los. Puh, anstrengend. Die reinste Zumutung.

Sie schmunzelte innerlich über ihren leichten Zynismus. Manchmal ging es halt mit ihr durch.

Aber nüchtern betrachtet gibt es halt nicht nur Spaß und Glück im Leben. Trotzdem fand sie es schön, das Leben. Gerade, weil sie es wertschätzen konnte. Gerade, weil sie auch die dunklen Seiten kannte. Gerade deshalb konnte sie sich an den schönen Eindrücken, die das Leben zu bieten hatte, erfreuen. Denn sie hatte gelernt, wie vergänglich das Glück sein konnte.

Erst wer weiß, dass sich hinter jeder Tür ein Monster verstecken kann, wird sich von ganzem Herzen darüber freuen, wenn er dahinter einen Regenbogen entdeckt.

Sie wachte aus ihren Gedanken auf und bemerkte, dass er sie noch immer ansah.

»Aber wenn es nicht schön ist, was ist es denn dann?«, fragte er resignierend.

»Das Leben?«, sie musste kurz überlegen, um die richtigen Worte zu finden.

»Das Leben ... ist eine Zumutung«, sagte sie, lächelte und gab ihm liebevoll einen Kuss auf die Stirn.

Am Grab

Ich stehe da. Die Erde vor mir ist noch locker und frisch. In der Mitte ist ein Loch im Boden. Blumen liegen drum herum.

Um mich herum stehen Menschen. Sie weinen. Ich weine nicht, glaube ich zumindest. Ich schaue nur auf die Blumen, auf die Erde und auf den Namen vor mir. Alles klingt dumpf in meinen Ohren, die Umgebung nehme ich nicht richtig wahr.

Es ist Ende Oktober, ein sonniger Tag. Vielleicht ist es warm, vielleicht auch kalt, auch das spüre ich nicht. Ich nehme nur das Licht der Sonne wahr, nicht aber, ob sie wärmt oder nicht.

Alles fühlt sich so betäubt an.

Leute laufen an mir vorbei, schauen mich traurig an. Einige schütteln meine Hand, andere umarmen mich. Ich stehe nur da und lasse es über mich ergehen. Ich glaube, sie tun es eh nur für sich, versuchen, mit ihren eigenen Emotionen umzugehen. Die ganze Szenerie ist so surreal, erscheint mir einfach unwirklich. Als stünde ich gar nicht physisch hier, sondern würde alles von außen, von weiter weg betrachten.

Irgendwann laufen keine Menschen mehr an mir vorbei. Sie stehen etwas abseits und unterhalten sich. Ihre Worte verstehe ich nicht. Womöglich sind es Erinnerungen an vergangene Zeiten. Mag sein, dass es sich auch nur um das Wetter dreht oder was sie morgen noch einkaufen müssen.

Ich betrachte nur die Blütenblätter vor mir. Die meisten sind weiß. Das steht wohl für »Abschied«, habe ich vorhin irgendwo aufgeschnappt. Warum eigentlich? Vielleicht weil es keine schwarzen Blumen gibt? Na ja, ist ja auch egal. Das spielt jetzt keine Rolle mehr.

Plötzlich ist die Erde vor mir geschlossen. Irgendjemand muss das Loch mit Sand aufgefüllt und alles begraben haben, was sich darin befindet. Wann das passiert ist, habe ich nicht mitbekommen.

Einen Augenblick später liegt ein weiteres Gedeck auf dem Boden und schließt die Lücke zu den anderen. Jetzt liegen Blumen überall. Sieht irgendwie schön aus.

Die Händeschüttler und Umarmer haben sich noch weiter entfernt. Ich nehme sie nur noch als schwarz gekleidete Masse wahr. Richtig auseinanderhalten kann ich sie nicht.

Es fängt an zu regnen. Leichter, sanfter Niesel fällt vom Himmel herab. Nach einer Weile haben sich die feinen Sprühtropfen auf meiner Jacke zu nassen Flecken zusammengefunden und sickern durch den Stoff in die Kleidung. Es müsste kalt auf der Haut sein, doch ich spüre nur, wie das Wasser die Schultern herunterläuft.

Rinnsale haben sich auf dem matschigen Boden gebildet. Sie fließen kreuz und quer und versickern hier und da. Sie kämpfen sich durchs Erdreich, vorbei an kleinen Lebewesen und winzigen Wurzeln. Einige werden wohl auf die gebürstete Oberfläche treffen, die unter der Erde begraben wurde. Andere an den betenden Händen herunterlaufen.

Regentropfen tröpfeln auf den großen Stein, der am Ende der rechteckigen Fläche steht. Glattpoliert und mächtig thront er dort. Brauner Marmor, der mit feinen weißen Adern durchzogen ist. Am Kopf etwas abgeschrägt. Außer deinem Namen steht nicht viel auf der Vorderseite. Wir haben auf den ganzen Mist wie »*Wir werden dich nie vergessen*« oder »*In ewiger Liebe*« oder »*Du warst der Beste*«, verzichtet. Du warst wie du warst, mit deinen guten Seiten und deinen Fehlern. Und vergessen – wie soll so etwas möglich sein?

Ich schaue auf die Datumsangaben – eines, das keine zwei Wochen zurückliegt, Anfang Oktober. Und eines, das gerade einmal siebenundvierzig Jahre in die Vergangenheit reicht. Es kommt mir recht alt vor, liegt dieses Alter doch für mich noch in weiter Entfernung, und trotzdem empfinde ich eine riesige Ungerechtigkeit. Siebenundvierzig, das ist doch einfach viel zu früh, um zu gehen. Es gibt Menschen, die doppelt so alt werden. Warum durftest du das nicht? Wer hat diese Entscheidung getroffen? Wer hat festgelegt, dass deine Zeit vorher enden musste?

Ich würde diesen *jemand* gerne einmal treffen. Verdammt bin ich wütend. Mag sein, dass ich noch etwas jung bin, aber meine fünfzehnjährige Faust hätte einiges mit diesem jemand zu bereden.

Aber diesen *jemand* gibt es nicht und so bleibt meine Wut in mir drin. Und im Moment ist das auch gut. Sie legt sich über die Trauer und Verzweiflung und verhindert, dass ich auseinanderbreche. Sie hilft mir, mich im Alltag zu orientieren. Hilft mir zu leben. Nein, zu überleben.

Der Regen hat mittlerweile aufgehört und der Boden ist wieder getrocknet. Es ist noch immer ungewöhnlich warm für diese Jahreszeit. Ab und zu kommen Leute vorbei. Manchmal versuche ich, einige Worte ihrer Gespräche aufzuschnappen. Meist aber schweigen sie, schleichen mit gesenktem Kopf an mir vorbei, besuchen die Steine ihrer eigenen Gegangenen.

Zuweilen sieht mich der ein oder andere an. Oft nicken sie mir dann traurig und wissend zu. Mal habe ich Tränen in den Augen, mal sie. Doch oft meide ich ihre Blicke. Ich will mich nicht noch zusätzlich mit ihrem Leid befassen. Will auch nicht, dass sie sich in meinen Schmerz einmischen, der gehört mir, mir ganz allein. Sollen sie doch ihr eigenes Problem lösen.

Ich jedenfalls stehe hier und betrachte den Stein vor mir. Warum, weiß ich selbst nicht. Vermutlich weil ich immer noch nicht begreifen kann, dass es tatsächlich passiert ist. Alles fühlt sich so unwirklich an, so fern.

Meine Augen fixieren den Stein, in der Hoffnung, er würde sich von allein auflösen und damit auch der

Grund für seine Existenz. Das mag etwas naiv sein, aber einen Versuch ist es wert. Auch wenn die Realität um mich herum eine deutliche Sprache spricht, wünscht sich der kindliche Teil in mir eine Zauberwelt, in der Menschen wieder von den Toten auferstehen können.

Überhaupt hängt meine Seele zwischen den Stühlen. Nicht mehr ganz Kind, noch kein richtiger Mann, als wenn diese Lebensphase nicht schon anstrengend genug wäre. Hin und her gerissen zwischen den harten Fakten der Wirklichkeit und den Träumen von fantastischen Welten in denen am Ende alles gut wird, wenn der Held sich nur anstrengt.

Aber Helden gibt es hier nicht. Auch keine Zauberer, Elfen, Feen oder andere Fabelwesen. Es gibt keine Zauberstäbe oder sagenumwobene Schwerter, keine Heiltränke und wundersam Auferstehende. Hier, an diesem Ort, an dem ich stehe, gibt es nur Steine, davon viele, und ich starre auf einen von ihnen, unfähig den Blick abzuwenden. Vielleicht, wenn ich nur lange genug gucke, verschwindet er ja doch.

—

Die Zeit vergeht. Inzwischen ist es kalt geworden. Feiner Reif liegt auf den verwelkten Gedecken, deren Blumenpracht mittlerweile in sich zusammengefallen ist. Nur einige grüne Nadeln sehen noch gut aus. Leichter Schnee fällt vom Himmel. Es ist ruhig hier. Fast schon romantisch. Heute kamen viele Leute zu den Steinen. Sie haben neue Blumen gebracht. Eine Frau war bei uns, hat auch auf dein neues Zuhause einen frischen Kranz gelegt und eine Kerze angezündet. Sie stand lange bei uns. Ich glaube wir haben uns unterhalten, ich kann mich nicht mehr erinnern. Aber ich bin mir sicher, dass sie meine Hand gehalten hat.

Jetzt sind wir wieder allein. Die Kerze brennt noch immer. Sie flackert hin und her, lässt das alles noch unwirklicher erscheinen. Wärme spendet sie kaum, dafür ist es einfach zu eisig. Der Schnee hat sich ringsumher niedergelassen und alles in pulvriges Weiß gehüllt. Friedliche Klänge dringen von weit entfernt an mein Ohr – Weihnachtsmusik.

Dann wird mir plötzlich klar, warum heute so viele Menschen hier waren, es ist Weihnachten. Das erste Weihnachten ohne dich. Überall in der Stadt sitzen fröhliche Familien zusammen, bestaunen Weihnachtbäume, lauschen besinnlichen Melodien, tauschen Geschenke aus. Ich kann dir nicht mehr schenken, als hier zu stehen und bei dir zu sein. Ich hoffe, das reicht dir.

Verdammt, ich weiß ja nicht einmal, ob du mich hier unten sehen kannst. Aber ich glaube fest daran, sonst würde ich hier nicht stehen. Jemand muss doch bei dir bleiben.

Irgendwann verstummen die Klänge und die Stadt wird dunkel. Ich bin müde, schrecklich müde. Nur kurz die Augen ausruhen …

Der Raum duftet herrlich nach Plätzchen und anderem Gebäck. Es ist warm. Kerzen flackern. In der Ecke, vor dem alten Kachelofen steht ein Weihnachtsbaum. Er ist nicht besonders groß. Die verkrüppelten Äste sind nach hinten gedreht, damit man sie nicht sehen kann. Von vorne sieht er ganz ansehnlich aus. Für mehr hat es dieses Jahr nicht gereicht. Lametta hängt über den Ästen. Rote Kristallkugeln baumeln an den Enden. Eine zierliche Lichterkette schlängelt sich von unten bis hoch zur Spitze, an der ein kleiner Stern befestigt ist. Um ihn ist eine goldene Schleife gewickelt, an der winzige Glöckchen angebracht wurden. Unter dem Baum liegen einige Geschenke, eingepackt in buntes Papier.

Wir sitzen direkt daneben auf der alten Couch, versammelt um den runden Tisch. Jemand hat es sich auf einem Sessel gemütlich gemacht. Es ist Zeit für die Bescherung. Alle sind da. Alle, die zurückgeblieben sind. Einer fehlt, und das bist du. Die Weihnachtsmusik aus den hölzernen Lautsprechern klingt dumpf und nichtssagend. Ein wenig wird geredet, aber nicht viel. Vermutlich weil keiner weiß, was er sagen soll. Das Fest der Liebe, Freude, Glückseligkeit. All das will nicht richtig aufkommen, fühlt sich einfach falsch an, so kurz nachdem du gegangen bist.

Wir schauen uns an. Keiner spricht mehr. Es ist jetzt Zeit für die Geschenke. Ich nicke monoton, die anderen auch. Das ist dann wohl das Zeichen, sich zu erheben und zu dem Weihnachtsbaum zu trotten. Wir kennen die Bewegungsabläufe und führen sie wie Maschinen aus. Fröhlichkeit kommt nicht auf.

Ich knie mich nieder, greife nach einem Päckchen. Gerade als ich die erste Öffnung in das Geschenkpapier reiße, höre ich ein Geräusch. Es ist nicht laut, aber seltsam vertraut. Es kommt von draußen, aus dem Hausflur, schallt durch die Wände, bis in das Wohnzimmer. Es ist der Klang eines Schlüsselbundes, das aus einer Hosentasche gezogen wird. Kleine Schlüssel, große Schlüssel, ein Flaschenöffner. Das Metall schlägt aneinander und verursacht einen einmaligen, unverkennbaren Klang. Es ist nicht irgendein Schlüsselbund, es ist deins.

Noch bevor ich realisieren kann, was überhaupt passiert, höre ich, wie einer der Schlüssel des Bundes in das Schloss der Wohnungstür gesteckt und zur Seite gedreht wird. Das unverwechselbare Klicken ertönt, das unsere Eingangstür macht, wenn der Riegel zurückfährt und die Tür sich öffnet.

Ohne zu überlegen, springe ich auf, renne aus dem Wohnzimmer in den Flur. Das Licht der Hausbeleuchtung scheint in den schmalen Korridor. Und da stehst du. Stehst einfach da. Ich sehe dich an, du mich. Dann renne ich auf dich zu, direkt in deine geöffneten Arme. Ich drücke dich ganz fest, so doll wie ich kann. Ich will dich nicht mehr loslassen.

Die Gefühle schlagen Purzelbäume. Keine Frage taucht in meinem Kopf auf. Kein › Warum?‹. Kein › Wo *warst du?*. Ich bin einfach nur überwältigt. Du bist da, fühlbar, spürbar, zum Anfassen. Mir ist egal, warum es so ist. Mir ist egal, wo du die letzten Wochen warst. Mir ist im Moment auch vollkommen egal, was da unter dem Baum im Wohnzimmer liegt. Dass du wieder da bist, das ist dieses Jahr mein größtes Geschenk …

Ich wache auf. Irgendetwas muss mich aufgeweckt haben. Ich versuche mich zu orientieren. Das ist nicht unsere Wohnung, nicht der Flur. Kein Licht scheint in den schmalen Gang, in dem ich eben noch gestanden habe. Warm ist es auch nicht. Nein, es ist eisekalt. Kalt und dunkel. Der Mond steht verhangen am Himmel. Die glatten Steine heben sich kontrastvoll von der weißen Schneedecke ab. Halb im Traum, halb wach sehe ich dich noch einen kurzen Moment vor mir stehen. Dann bist du weg und ich allein.

Dass ich auf meine Knie falle, bekomme ich gar nicht mit. Ein fürchterliches Schluchzen schallt über den Ort. Es ist wohl meins, aber das realisiere ich erst später. Ich falle nach vorne, direkt auf das frische Gedeck. Die Kerze kippt zur Seite und das flüssige Wachs läuft aus. Ich zittere, unkontrolliert. Dann bricht die Erinnerung ab.

Am darauffolgenden Morgen ist mein Gesicht an einigen Stellen von einer dünnen Schicht Eis bedeckt. Vermutlich sind die Tränen in der Nacht gefroren. Ich kann mich jedenfalls nicht erinnern, mit dem Weinen aufgehört zu haben. Ich liege da wie ein kleines Kind, die Knie fest an die Brust gezogen, die Arme fest verschränkt. In dieser Stellung bin ich wohl eingeschlafen. Vielleicht habe ich mich auch erst im Schlaf so zurechtgelegt, um mich besser vor der Kälte zu schützen. Die Erinnerung daran ist rabenschwarz und undurchdringlich.

Nach ein paar Minuten stehe ich auf. Ich befreie die Nadeln des Kranzes so gut es geht vom Kerzenwachs, richte die plattgedrückten Äste wieder auf. Ich finde, du hast ein ordentliches Zuhause verdient.

Dann kommt die Erinnerung an den Traum zurück. Dieser verdammte Traum. Warum hat mein Unterbewusstsein mir einen derartigen Streich gespielt? Hoffnung aufbauen, Hoffnung zerstören. Vielleicht keine böse Absicht. Irgendetwas in mir versucht, das derzeit noch Unbegreifliche zu verarbeiten. Innerlich hoffe ich, dass ich einen solchen Traum nie wieder haben werde. Ich ahne noch nicht, wie wenig dieser Wunsch in Erfüllung gehen wird.

—

Der Winter ist kalt und bleibt es auch. Menschen kommen zurzeit selten hierher. Scheinbar besucht man in dieser Jahreszeit keine Angehörigen. Dadurch sind wir allein – du, ich und die Steine.

Ab und zu fliegt eine Krähe vorbei. Manchmal setzt sie sich auf deinen Stein und sieht mich an. Es ist immer dasselbe Tier. Ich erkenne sie an ihrem rechten Auge. Es scheint erblindet zu sein, ein grauer Nebel liegt über der Iris. Sie wirkt noch recht jung und neugierig. Ob sie mich auch wieder erkennt, den heranwachsenden Menschen, der hier schon seit ein paar Monaten steht? Was sie über mich denken mag?

Vermutlich wird sie mich für verrückt halten. Vielleicht fragt sie sich auch, ob ich kein Zuhause habe. Oder interessiert sie sich überhaupt dafür, warum ich hier stehe? Das werde ich wohl nicht herausbekommen.

Trotzdem ist es schön, wenn sie vorbei kommt. Dann bin ich für einige Minuten nicht allein. Ich habe sie Luise getauft. Ich kenne mich mit Krähennamen nicht so aus, finde aber, dass das ganz gut zu ihr passt.

Der Winter schreitet voran. Eines Abends knallt und leuchtet es überall. Es ist Silvester, vermute ich. Der Himmel erstrahlt hell in den buntesten Farben. Menschen grölen auf den Straßen, liegen sich berauscht und ausgelassen in den Armen.

Wer hier liegt, feiert keinen Jahreswechsel, und mir ist auch nicht danach. Doch das Lichtermeer erhellt die Umgebung, schafft eine seltsam positive Stimmung. Es ist eine willkommene Abwechslung zu dem sonstigen Weiß-Grau, das ich hier jeden Tag sehe.

Ein neues Jahr ist also angebrochen. Zeit für gute Vorsätze, wenn auch nur kurzzeitig. Ein Leben ändert sich nicht einfach, nur weil man es sich vornimmt. Bald ist bei den meisten Menschen alles wieder ganz normal.

Bei mir ist seit drei Monaten nichts mehr normal, nichts mehr wie früher. Ich fühle mich anders, erstarrt, gelähmt. Das kommt nicht von der Kälte, die in die Glieder kriecht. Es ist eine innere Betäubtheit. Da ist kein richtiger Schmerz, zumindest nicht oft. Vergleichbar mit einem Schnitt in den Finger. Man sieht das Blut, erkennt die Verletzung, aber den Schmerz spürt man erst gar nicht, der kommt später. Vielleicht ist das mit der Seele genauso? Wie lange werde ich warten müssen, bis ich ihn spüren kann, diesen Schmerz?

Und dann, was passiert dann …?

—

Der Schnee ist mittlerweile weggetaut. Die kalten Nächte sind frühlingshaften Temperaturen gewichen. Knospen bilden sich an den Sträuchern. Kleine, zarte Triebe, die aus dem knochigen Holz treiben. Neues Leben erwacht. Die Tage werden wieder länger. Die Sonne intensiviert ihre heilende Kraft. Ich stehe noch immer da, apathisch, auf *deinen* Stein starrend.

Luise kommt jetzt immer öfter. Sie scheint sich wirklich an mich gewöhnt zu haben. Anfangs habe ich sie ab und zu in der Gegend rumhüpfen sehen. Dann, Stück für Stück, kam sie immer häufiger zu uns. Meist landet sie in unserer Nähe, prüft vermutlich, ob es sicher ist und hüpft dann auf *deinen* Stein. Sie pickt dann ein paar Mal mit dem Schnabel auf den Untergrund und schaut mich an. Ich weiß immer noch nicht, was sie denkt. Aber sie hat offensichtlich Interesse an dem jungen Mann, der Tag aus Tag ein hier steht.

Was ihr wohl durch den Kopf geht? Fühlt sie Mitleid? Oder ergötzt sie sich an dem Schmerz, der noch lauernd unter der Oberfläche liegt?

Doch warum muss ich ihr etwas Böses unterstellen? Vielleicht ist sie ja nur hier, weil sie den Stein mag.

Eigentlich egal. Ich finde es schön, wenn sie da ist. Dann bin ich nicht so allein.

Allein, ein seltsames Wort. Ich fühle mich so, aber bin ich das auch? Ich könnte ja nach Hause gehen. Dort warten Menschen, die vermissen dich genauso wie ich. Denen geht es auch nicht gut. Bestimmt haben sie auch diese Träume. Diese verfluchten Träume, in denen die Realität gebeugt, das Geschehene ungeschehen gemacht wird, in denen alles wieder gut ist.

Da draußen, außerhalb des Tores sind Freunde, Menschen die mich mögen. Aber ich kann im Moment nicht für sie da sein. Ich muss für *dich* da sein. Wer denn sonst, wenn nicht ich?

Eines Tages wird das womöglich anders sein. Aber heute ist noch nicht dieser Tag.

—

Als der Sommer hereinbricht, haben Luise und ich so etwas wie eine Bindung zueinander aufgebaut. Ich weiß, dass das komisch klingt, aber ich kann es nicht anders beschreiben.

Es fing mit einem dieser Träume an. Mitten in der Nacht war ich schweißgebadet aufgewacht. Wieder peinigten mich der klappernde Schlüssel, die sich öffnende Tür, die verwirrte, ungläubige Hoffnung, der Schmerz beim Erwachen. Wie fast jede Nacht.

Doch diesmal war Luise da. Sie stand direkt vor mir, blinzelte mich an. Es war, als würde sie alles verstehen. Fast, als hätte sie meinen Traum miterlebt.

Ich bin noch jung, bilde mir aber ein, dass sie mich voller Mitleid angesehen hat. Ich konnte meine Tränen in ihren Augen spiegeln sehen und bin überzeugt davon, dass dieses Bild tiefer als bis auf ihre Netzhaut ging.

Sie setzte zu einem kurzen Flug an und landete direkt auf meiner Schulter. Fast wollte ich mich erschrocken wegducken, doch dann ließ ich sie in Ruhe landen. Die Krallen senkten sich vorsichtig in den Stoff der Jacke und gaben ihr Halt. Sie legte ihren warmen Kopf an meine Wange. Dann sahen wir gemeinsam auf den beschrifteten Stein vor uns. Legten den Traum beiseite, kamen wieder in der Realität an. Doch diesmal war ich nicht allein. Zusammmen standen wir da, die ganze Nacht lang.

Seitdem sehen wir uns anders an. Ich rede mit ihr, beinahe jedes Mal, wenn sie da ist. Natürlich achte ich darauf, dass mich niemand dabei beobachtet. Die Leute, die öfter herkommen, müssen mich eh schon für seltsam halten – der Verrückte, der hier schon seit Monaten steht.

Ich erzähle Luise von meinen Träumen und Wünschen. Das hat man mit sechzehn Jahren wohl noch. Sie hört aufmerksam zu. Alt kann sie auch noch nicht sein. Doch in ihrer Art liegt etwas Weises, etwas Erhabenes. Es tut mir gut, wenn sie da ist.

—

Ich stehe nun schon seit über einem Jahr hier. Vor ein paar Wochen hat sich das erste Mal der Tag gejährt, an dem ich morgens geweckt wurde, noch bevor es Zeit war aufzustehen. An dem mich verweinte Augen ansahen und baten in das Zimmer nebenan zu kommen. An dem ich meine Finger auf dein Handgelenk legte und den anderen versicherte, dass du nicht mehr unter uns weilst. An dem Morgen, jenem dunklen Morgen im Oktober, als fremde Leute kamen, und dich in einem schwarzen Sack wegtrugen. An dem, an dem ich dich das letzte Mal sah. Jener Morgen, über den keiner von uns seitdem gesprochen und der so eine große Lücke in unsere Herzen gerissen hat.

Plötzlich ist Luise wieder da. Ich habe sie eine Weile nicht gesehen. Sie kommt von einem Ast gesegelt und lässt sich auf dem kantigen Stein vor mir nieder. Mit tiefschwarzen Augen sieht sie mich an, als würde sie mich grüßen wollen. Dann hüpft sie von dem Marmor herunter und betrachtet die Vorderseite.

Der Moment ist ein wenig unheimlich. Es scheint fast, als könne sie die Zahlen und Buchstaben entziffern. Sie läuft etwas nach rechts, dann nach links, wirkt ein wenig nachdenklich dabei.

Schließlich schaut sie mich an, vermutlich um sich meiner Aufmerksamkeit zu versichern, wendet sich dann herum und pickt mit dem harten Schnabel auf das vordere der eingravierten Daten. Dann sieht sie mich wieder an.

Erst verstehe ich nicht, was sie von mir möchte. Offen gestanden bin ich mir anfangs nicht einmal sicher, ob sie überhaupt etwas von mir möchte. Schließlich ist sie ja nur eine Krähe. Ich betrachte sie nachdenklich, dann den Stein, dann wieder sie, dann das Datum. Plötzlich wird es mir klar – es ist dein Geburtstag. Der zweite, den du nicht mehr im Kreise deiner Lieben feiern kannst.

Ich werde traurig, verdammt traurig. Alles scheint mir auf einmal wieder so unfair zu sein. Ich tue das, was ich eigentlich fast jeden Tag tue, seit ich hier stehe – ich weine. Diesmal heftiger als sonst.

In diesem Moment kommt Luise zurück. Ich hatte gar nicht bemerkt, dass sie weggeflogen war. Im Schnabel hält sie eine weiße Rose. Die muss sie von einem anderen Grab gemopst haben. Oder aber auch von der

Auslage des Blumenladens, der sich ein paar Querstraßen weiter befindet. Es ist eine wirklich schöne Rose. Sie hat dicke weiße Blütenblätter und einen kräftigen grünen Stiel. Die kleine Krähe setzt sich auf den Stein und legt die Blume oben auf die glatte Fläche.

Ich krame in meiner Jackentasche. Irgendwo darin muss noch ein altes Feuerzeug versteckt sein. Dann bücke ich mich und nehme die fast heruntergebrannte Kerze in die Hand. Der Docht ist recht kurz und es ist nur noch wenig Wachs vorhanden, aber für den Moment wird es noch reichen. Es dauert einen Augenblick, bis der alte Feuerstein eine Flamme erzeugt, doch dann brennt die Kerze, heller als ich es erwartet habe. Als ich sie wieder zurückstelle, hüpft Luise auf meine Schulter, wie sie es schon einmal getan hat. Und genauso wie damals stehen wir beide da und betrachten die Rose, die Kerze, den Stein.

Vor ein paar Wochen habe ich ein Gespräch eines jungen Pärchens mitbekommen. Sie standen etwas weiter weg, an einem anderen Stein, aber ich konnte ihre Stimmen deutlich hören. Vermutlich weil der Wind günstig stand.

»Hier liegt mein bester Freund«, hatte der Mann erklärt. »Er hat heute Geburtstag.«

Nach einer kurzen Pause hatte die Frau ihn angesehen und gesagt: »Aber das müsste doch eigentlich *hatte* heißen. Er hat doch gar nicht mehr Geburtstag.«

»Doch, hat er«, hatte der Mann erwidert. »Für mich wird er immer Geburtstag haben.«

Ich habe das Gespräch danach nicht weiter verfolgt, noch habe ich eine Ahnung, was aus dem Pärchen geworden ist, aber ich sehe das genauso. Solange ich lebe, solange Menschen leben, die dich lieb hatten, so lange wirst du Geburtstag haben. Solange hast du verdient, dass man deinen Jahrestag mit dir feiert.

Luise nickt, so als würde sie zustimmen. Langsam, bedächtig, ein weises Nicken. Manchmal bin ich mir unsicher, ob sie nicht doch meine Gedanken lesen kann. Ich betrachte sie aus dem Augenwinkel.

»Danke«, flüstere ich ihr leise ins Ohr.

Die Kerze brannte bis in die Nacht. Luise und ich sahen ihr bis zum Ende bei ihrem flackernden Spiel zu, während wir über das Leben und den Tod philosophierten. Na ja, ich philosophierte, Luise nickte, oder auch nicht. Manchmal schüttelte sie auch den Kopf oder setzte einen ›Bist du dir da sicher?‹-Blick auf. Es war einer der schönsten, wenn auch traurigsten Abende in diesem Jahr.

Nun fallen abermals die Blätter, werden die Temperaturen kälter. Bald wird hier ein weiteres Mal alles kalt und eisig sein.

Was soll's. Ich bin daran gewöhnt. Es stört mich nicht. Hauptsache ich kann hier sein. Hier bei dir.

–

Der Winter war kalt. Richtig Milde wollte er nicht walten lassen. Der Schnee kam früh und blieb lange in Form einer hart gefrorenen Eisdecke. Dafür begann der Frühling umso angenehmer. Ganz früh schon erfreute er mich mit warmen Tagen. So hart der Winter auch war, jetzt ist alles vergessen. Die steifen Glieder, die eisigen Nächte, das nicht aufhörende Zittern. Jetzt, wo die Wärme von Neuem Einzug hält, verschwende ich keinen weiteren Gedanken daran.

Mir drängt sich unweigerlich der Vergleich mit dem Leben auf. Ich frage mich, ob man überhaupt die guten Dinge wertschätzen kann, wenn man die Kehrseite niemals kennengelernt hat. Noch bevor ich diese Frage bis zu Ende gedacht habe, fällt das Laub auch schon wieder von den Bäumen …

–

Die Jahre ziehen dahin, einige schneller, einige langsamer. Zuweilen fällt es mir schwer noch den Überblick zu behalten, welches Jahr gerade ist. Die Steine, die hier nacheinander aufgestellt werden, helfen mir etwas dabei mich in der Zeit zu orientieren. Jedes Mal, wenn ein Neuer errichtet wird, betrachte ich die gravierte Oberfläche, um herauszufinden, in welchem Jahr ich mich befinde.

Als du hier in der Erde versenkt wurdest, warst du der Erste in der Reihe. Ganz vorne, am obersten Ende. Die anderen Reihen waren noch leer. Nun sind so viele dazu gekommen. Manchmal stelle ich mir vor, wie du dich mit ihnen unterhältst, in deiner Welt, in eurer Welt. In der Welt, in der ihr jetzt lebt.

Gleich neben dir liegt ein älterer Herr. Du musstest gar nicht lange warten, um Gesellschaft zu bekommen. Sie haben ihn ein paar Monate nach dir her gebracht. Ab und zu sehe ich zu ihm rüber. Ich muss gestehen, dass ich zuweilen neidisch auf ihn bin. Er war viel älter, hatte viel mehr Zeit auf dieser Erde als du.

Es ist interessant, dass ich gerade an ihn denken muss, denn heute besucht ihn seine Frau. Ich glaube zumindest, dass es seine Frau ist. Sie kommt ein- bis zweimal im Monat her. Wir grüßen uns meist kurz, reden aber nicht weiter miteinander.

Jetzt kniet sie neben mir und zupft einige vertrocknete Immergrün mit einer kleinen Harke aus dem Boden. Dann gießt sie die Blumen, die sie vor zwei Wochen eingepflanzt hat. Mich stört diese Nähe, möchte ich doch mit dir alleine sein.

Als sie aufsteht, zupft sie sich ihre Schürze zurecht. Sie trägt so eine, wie sie in den siebziger Jahren modern war, blau mit weißen Blümchen darauf. Ich glaube, es soll Kamille darstellen.

»Sie sind oft hier«, bemerkt sie.

Ich nicke kurz. Eigentlich möchte ich nur meine Ruhe. Und überhaupt habe ich in den letzten Jahren kaum mit jemandem gesprochen, außer mit dir und Luise. Und diese Gespräche liefen hauptsächlich in meinem Kopf ab.

Dann kommt mir mein Schweigen doch etwas unhöflich vor und ich fühle mich zu einer Reaktion genötigt.

»Ich bin immer hier«, antworte ich.

Ich kann an ihrem Gesichtsausdruck erkennen, dass sie mir das nicht abkauft – würde ich vermutlich auch nicht.

»Sie gehen nie nach Hause?«, fragt sie ungläubig.

»Nein. Nie.«

Es folgt ein Moment der Stille, in dem sie sich die Kamillenblüten auf ihrem Kleid glatt streicht.

»Gibt es denn dort niemanden, der auf Sie wartet?«

»Doch. Aber ich fühle mich hier wohler.«

So langsam fängt diese Fragerei an mir auf die Nerven zu gehen. Ich bin immerhin schon volljährig und kann ja wohl stehen wo ich will. Soll sie mich doch in Ruhe lassen.

Sie sieht an mir vorbei, auf die kleine Parzelle und den darauf stehenden Stein. Dann schaut sie mich wieder an. Ich werde das Gefühl nicht los, dass sie versucht mein Alter zu schätzen.

»Das tut mir sehr leid für Sie«, sagt sie schließlich. »Ich selbst habe meinen Emil auch vor ein paar Jahren verloren.«

›Ach nee‹, denke ich mir. Was für eine Überraschung! Damals stand ich schon hier. *Du* lagst ja bereits schon vor ihm an diesem Ort. Ich war dabei, als sie ihren Emil in die Grube ließen. Hab mir das sich immer wiederholende Spiel mehr oder weniger ernst gemeinter Kondolenzsprüche angesehen, die Tränen, die Ansprache, Umarmungen, Händeschütteln. Wenn man jeden Tag hier ist, dann hat man all das schon unzählige Male gesehen.

Ich weiß sogar noch, dass ich etwas abseits stand, um die Trauergemeinde nicht zu stören. Aber daran kann sie sich vermutlich nicht erinnern.

»Er hatte einen Herzinfarkt«, fährt sie fort, ohne mich danach zu fragen, ob mir das Recht ist. Und eigentlich ist es das nicht. Ich will doch nur meine Ruhe.

Als sie merkt, dass sie ihre Sorgen und Gedanken nicht bei mir platzieren kann, macht sie sich zum Gehen bereit.

»Ich wünsche Ihnen einen guten Tag.«

Sie hebt die kleine Handharke, mit der sie den Boden bearbeitet hat, auf und greift sich die leere Gießkanne.

»Ich wünsche Ihnen, dass Sie es eines Tages schaffen, wieder nach Hause zu gehen«, fügt sie noch hinzu.

Sie lächelt zum Abschied, aber ihr Lächeln hat etwas Trauriges.

Als sie weg ist, bin ich zwar erleichtert wieder alleine zu sein, trotzdem tut sie mir ein wenig leid. Ich war wirklich nicht nett zu ihr. Aber muss ich mich mit dem Leid anderer belasten? Ich habe selbst genug mit mir zu tun. Und ich mag *dieses* Thema auch gar nicht. Ich will mich damit nicht auseinandersetzen. Ich will das einfach nicht!

Ich versuche, mich erneut auf deinen *Stein* zu konzentrieren, um mich abzulenken, zu vergessen. Ich bin hier bei dir. Hier, wo du nicht weg bist. Hier, wo du immer da sein wirst.

Doch die Ablenkung funktioniert nicht ganz. Ich muss trotzdem an die alte Dame denken. Ihre Worte gehen mir durch den Kopf, bewegen mich, wühlen mich auf. Nur verstehen kann ich sie nicht.

Wieso soll ich nach Hause? Das hier ist mein zu Hause. Ich habe eine Aufgabe, hier bei dir zu sein. Einer muss doch auf *dich* aufpassen. Auf *dich* und *deinen* Stein … alles ist gut … Solange ich hier bin, ist nichts passiert … nichts ist …

Und in diesem Moment überkommt mich der Schmerz, den jeder kennt, dem etwas Geliebtes entrissen wurde, ohne dass man es irgendwie halten konnte. Ein gemeiner, stechender, überwältigender Schmerz, der einem den Atem und die Kraft raubt, die Beine zittern lässt, einen fast zu Boden zwingt. Dieser Schmerz, den man zu verdrängen versucht, mit Metaphern schwächen möchte. Das, was ich seit vielen Jahren versucht habe zu verdrängen. Der Schmerz der Wahrheit. Ich sehe auf deinen Stein.

›...Stein, Stein!‹, hämmert das Wort in meinem Kopf.

Verdammt, warum kann ich nicht einfach *Grabstein* sagen. Genau das ist er doch. Kein einfacher Stein, der durch Zufall hier rum liegt. Kein Ziegelstein, kein Findling. Ein verdammter Grabstein ist es. Er ist genau für diesen Zweck gemeißelt worden. Was nützt es mir, die Wahrheit durch meine Wortabwandlungen abschwächen zu wollen? Hier ist ein Grab, verflucht noch einmal. Darum steht er hier. Nur aus diesem Grund. Hier liegt jemand, und er ist tot. Für immer. Ja, tot! Nicht *gegangen* bist du. Nicht *verlassen* hast du uns. *Gestorben* bist du. Gestorben, einfach gestorben! Warum bekomme ich das nicht in meinen Schädel?

Ich schlage mit der flachen Hand mehrfach gegen den Kopf, als würde ich dadurch die Realität hinein prügeln können. Doch irgendwie funktioniert das nicht.

Luise sieht mich an. Sie müsste mich für verrückt halten. Doch das tut sie nicht. Ich kann nur Mitleid in ihren Augen erkennen.

Es ist das erste Mal, dass ich diese Worte ausspreche, wenn auch nur in meinem Geiste. Über fünf Jahre habe ich versucht, mich um diese Tatsache zu drücken. Habe mir vorgestellt, dass du uns verlassen hast, nur um die

Hoffnung zu haben, dass du wieder kommen kannst. Habe mir gesagt, dass du schläfst, nur um die Hoffnung zu haben, dass du eines Tages wieder erwachst. Habe den Stein als Symbol für deine Existenz genommen und nicht für deinen Tod.

Die Wahrheit raubt mir die Kraft. Die Wahrheit, die die ganze Zeit vor meiner Nase lag. Sichtbar, doch unausgesprochen. Greifbar, doch einfach verdrängt. Ich sacke in mich zusammen. In dieser Nacht bekomme ich nichts mehr mit, außer Luises warmen Herzschlag an meiner Wange.

—

Zwei Wochen später sehe ich die alte Dame wieder. Ich habe viel nachgedacht in diesem Zeitraum. Das musste ich, die Realität hat mich dazu gezwungen. Der kleine Riss in der Fassade der Verdrängung hat sich geweitet, hat Darunterliegendes aufgedeckt. Es war nicht leicht, bei Weitem nicht, aber etwas hat sich getan. Die Wahrheit ist ausgesprochen, unwiederbringlich. Und das fühlt sich gut an, denn jetzt kann ich anfangen mich mit ihr auseinanderzusetzen. Jetzt kann ich Worte nutzen, die ich vorher verdrängt habe.

Die alte Dame läuft den schmalen Weg vom Friedhofstor hinauf. Sie trägt ihre Gießkanne und die kleine Harke bei sich. Es ist wieder Zeit das Grab ihres verstorbenen Gatten herzurichten.

Doch diesmal hat sie nicht viel zu tun. Das Laub ist entfernt, der Boden frisch gewässert. Sogar einige verwelkte Blätter sind abgezupft. Letzteres sieht sie natürlich nicht. Das weiß nur ich.

Sie scheint etwas verwundert, sagt aber nichts. Trotzdem verweilt sie einen Moment bei ihrem Mann. Sie sieht mich nicht an. Vermutlich hat sie noch unsere vergangene Unterhaltung im Gedächtnis. Als sie zum Gehen ansetzt, räuspere ich mich kurz.

»Sie haben Recht. Irgendwann muss ich wieder nach Hause. Aber noch bin ich nicht soweit.«

Ein Lächeln huscht über ihr Gesicht. Kein Lächeln, das man aufsetzt, wenn einem die Genugtuung des *Rechthabens* zuteilwird, sondern eines, welches erkennt, dass sich in einer glatten, undurchdringbar scheinenden Wand aus Granit ein kleiner, hauchdünner Riss gebildet hat. Ein Riss, der eines Tages frei legen kann, was dort hinter dieser Wand verschlossen ist.

»Und das mit ihrem Emil … das tut mir sehr leid«, füge ich anschließend hinzu.

Dankbar verabschiedet sie sich und verlässt das Grab. Diesmal sieht sie mich nicht traurig an.

Die Zeit heilt alle Wunden, sagt man. Ist das tatsächlich so? Und wenn ja, wie viel Zeit benötigt man für welche Wunde? Ich würde das gerne wissen, dann könnte ich abschätzen, wie lange es noch in der Brust schmerzen wird. Wie lange *du* mir noch fehlen wirst.

Aber stellt sich die Frage wirklich? Die Antwort kenne ich doch schon längst.

—

Die Jahre ziehen ins Land. Ich kann sie nicht aufhalten. Es ist wieder Ende November. Ich schaue auf die eingravierten Zahlen, betrachte dein Geburtsjahr. Sechzig Jahre. Eine verdammt lange Zeit. Dreizehn Mal haben wir hier schon zusammen gefeiert. Und jedes Mal kurz davor wiederholt sich der Tag, an dem *du* gestorben bist. Konntest nicht deinen nächsten Geburtstag erleben. Das Schicksal hat dir einfach nicht erlaubt, noch ein Jahr älter zu werden. Keinen Monat, keine Woche, nicht einmal einen einzigen Tag älter.

Wer hat das entschieden? Wer verflucht noch einmal maßt sich an, für andere solche Weichen zu stellen? Nicht einmal deinen letzten Geburtstag konntest du feiern …

Aber was soll das auch? Jeder von uns wird eines Tages an den Punkt kommen, an dem er nicht mehr seinen nächsten Ehrentag begehen wird. Sollten wir nicht das Leben bis dahin genießen, jeden Tag?

Ich habe so viel Trauer in den vergangenen Jahren gesehen. Alle paar Tage erscheinen Gruppen von schwarzgekleideten Personen, tragen Urnen oder Särge und Grabkränze mit immer denselben Aufschriften –

›*Wir werden dich vermissen*‹. ›*Niemals vergessen*‹. ›*Du bleibst in unseren Herzen*‹.

Kein Tag vergeht, an dem ich nicht einen Menschen hier weinen sehe. Und doch, in der letzten Zeit fällt mir hier und da etwas Neues auf. Manchmal kann ich Leute beobachten, die lächeln. Sie stehen an den Gräbern ihrer Liebsten, haben Tränen in den Augen und lächeln. Anfangs fand ich das seltsam, befremdlich. Wieso lächelt man hier? Das ist kein Ort des Lächelns. Das ist ein Ort der Trauer.

Und dann habe ich es bemerkt, dieses Lächeln, an mir. Nämlich heute Morgen, als Luise wie jedes Jahr mit der weißen Rose im Schnabel angeflogen kam. Ich war nicht traurig, nicht verbittert. Ich habe einfach nur gelächelt, mit einer inneren Ruhe, die ich seit über einem Jahrzehnt nicht in mir gespürt habe.

Doch auch wenn ich diese innere Ruhe genoss, offen gestanden beunruhigte sie mich auch. Aber dann erinnerte ich mich an das Pärchen, welches vor einer halben Ewigkeit hier vorbeikam, als ich noch nicht einmal volljährig war.

›*Doch, hat er. Für mich wird er immer Geburtstag haben*‹, hatte der junge Mann gesagt.

Und da wurde mir klar, dass es nicht nur die Geburtstage sind, an denen du bei mir bist. Du bist immer da, jeden Tag. Weil ich dich nicht vergessen habe.

Jetzt stehe ich auch da, die Kerze brennt, die Rose liegt auf dem Boden, und ich lächle. Lächle, weil ich hier bin. Lächle, weil ich dich nicht vergessen habe.

Ich sehe ihn übrigens jedes Jahr, den jungen Mann, wie er am gleichen Tag am Grab seines Freundes steht. Die Freundin, die er damals bei sich hatte, war noch ein einziges Mal mitgekommen, danach nie wieder. Vermutlich war das gut so.

Er hat ein kleines Ritual entwickelt, ähnlich wie Luise und ich. Wenn er kommt, ist es Anfang September. Meist auf dem späten Nachmittag. Er hat immer das Gleiche dabei: einen Klappstuhl, eine Kerze und zwei Flaschen Bier. Es ist eine Marke einer lokalen Brauerei, das kann ich an dem auffälligen Etikett erkennen. Den Stuhl platziert er immer vor dem Grab. Es ist auch eine bescheidene fünfzig Mal siebzig Grabstelle, in der gerade einmal eine Urne Platz hat. Dann stellt er eine der Flaschen direkt auf den kantigen Stein. Er zündet die Kerze an, rückt sich den Stuhl zurecht und fängt an zu reden. Ich kann selten hören was er sagt, aber die Worte werden sich nicht groß von meinen unterscheiden.

Irgendwann, wenn es dunkler wird, öffnet er seine Flasche und stößt mit der auf dem Grabstein an. Dann sitzt er nur noch da und schweigt. Später nimmt er die Zweite, trinkt sie aus und geht. Die Kerze lässt er brennen, die ganze Nacht lang. Ich finde, das Ritual ist ein schönes Zeichen ihrer Freundschaft. Manche Bänder sind halt stärker als der Tod.

—

Es ist ein sonniger Frühling – drei Jahre später – als ich ihn wieder sehe. Diesmal ist er nicht allein. Er trägt auch keinen Klappstuhl bei sich. Stattdessen schiebt er einen Kinderwagen. Er manövriert ihn mit dem rechten Arm geschickt in die kleine Gasse, in der sein Freund liegt. Auf der linken Seite hat sich eine junge Frau bei ihm eingehakt. Sie sieht nett aus, finde ich. Als sie an dem Grab ankommen, nimmt er das Kind aus dem Wagen. Es ist wirklich noch sehr jung, höchstens ein Jahr. Er nimmt es auf den Arm und dreht sich zum Grab. Er deutet auf den Stein und scheint seiner Freundin – ich nehme an, dass es seine Freundin ist – etwas zu erklären. Ich bekomme nur Wortfetzen mit, von denen ich nicht viel verstehen kann … bis sich der Wind dreht.

»… wollte ich dir schon seit einer Weile zeigen. Ich komme jedes Mal zu seinem Geburtstag hier her …«, höre ich seine vorsichtige Stimme.

Sie hält einen Moment inne, besieht sich das Grab. Dann gibt sie ihm einen Kuss auf die Wange.

»Das finde ich sehr schön«, antwortet sie.

Ich brauche vom Rest der Unterhaltung nicht viel zu hören, um zu erkennen, wie erleichtert er ist. Der Verlust muss eine große Lücke in seinem Leben hinterlassen haben. Wer jedes Jahr zu so einem Ort kommt, ein spezielles Ritual damit verbindet, der trägt ein schweres Päckchen mit sich. Und umso wichtiger ist es, dass die Menschen, die einem nahestehen, dieses Päckchen akzeptieren und Verständnis dafür haben, denn diese Last ist immer da, nicht nur einmal im Jahr. Wer könnte das besser verstehen als ich, trage ich dieses Päckchen doch auch jeden Tag.

Ich sehe wieder zu der kleinen Familie hinüber. Wie schön dieses Bild ist. Ich bin jetzt zweiunddreißig. So alt warst *du* auch einmal. So alt warst du, als ich geboren wurde. Zweiunddreißig. Über die Hälfte meines Lebens stehe ich nun schon hier. Allein. Ohne Familie. Ohne Kinder. Das hast *du* besser hinbekommen als ich.

Zweifel werden in mir wach. Zweifel über das Leben, über die Zeit. Über den großen Sinn, der sich ungreifbar hinter alledem versteckt.

Unzählige Menschen liefen in all den Jahren an mir vorbei. Viele traurig, manche nachdenklich, einige glücklich. Mal kamen sie allein, mal mit Partnern. Zuweilen wechselten die Partner oder kamen gar nicht mehr.

Doch alle, ausnahmslos, hatten sie etwas gemeinsam – sie sind wieder gegangen. Sie hatten ein Leben außerhalb dieser Mauern. Haben nach Glück gestrebt, es vielleicht sogar gefunden.

Verlieben, Kinder bekommen, Familien gründen. Reisen, den Horizont erweitern, fremde Länder entdecken. Bücher verlegen, Symphonien schreiben, Musikinstrumente erlernen, Ölgemälde in Szene setzen, Kreativität ausleben. Ist es das, was den Sinn des Lebens ausmacht?

Womöglich hätte ich all das auch machen sollen, statt hier zu stehen? Aber das kann ich nicht. Ich stehe hier ja nicht ohne Grund. Einer muss ja bei dir sein. Das gibt meinem Leben doch auch einen Sinn … oder?

–

Wieder vergehen Jahre, vier diesmal. Wieder fallen die Blätter von den Bäumen, fliegen die ersten Schneeflocken, tauen dahin, fangen die Knospen an zu wachsen, blühen, leuchten, fallen von den Bäumen. So oft hat dieser Zyklus sich schon wiederholt.

Es ist Anfang September. Die Sonne scheint. Ein herrlicher Tag.

Gestern habe ich einen kleinen Spaziergang gemacht. Ich mag es von Zeit zu Zeit ein wenig hier rumzulaufen, die Gräber zu betrachten. Jedes einzelne hat seine Geschichte, auch wenn diese nur in meinem Kopf existiert. Ein Name, ein paar Zahlen, manchmal eine Gravur. Vielmehr sieht man auch häufig nicht. Und doch erzählt jedes Grab so viel mehr. Die Form des Steins, das Material, die Farbe. Ist das Grab gepflegt oder verwahrlost. All das gibt Einblicke, wenn auch nur winzige, in das Leben der Verstorbenen und ihrer Hinterbliebenen.

Manche haben es mir besonders angetan. Da ist der kleine Jonas, fünf Jahre, wird keinen Tag mehr älter. Der Stein ist modelliert wie ein Teddybär. › *Wir vermissen dich*‹, steht auf einem Banner.

Oder das alte Ehepaar neben *dir*. Weit über zwanzig Jahre hat Trudchen (eigentlich steht Getrud dort) auf ihren Emil gewartet, bis sie ihn wiedersehen konnte. Zwanzig Jahre, in denen sie regelmäßig sein Grab pflegte, so wie sie sich zu Lebzeiten um ihn gekümmert hat. Schon interessant, dass ich nie wusste wie sie hieß und ihren Namen erst erfuhr, als man die Inschrift erweiterte. ›*Im Tod wieder vereint*‹, hat jemand eingravieren lassen. Passend, finde ich.

Und dann ist da noch der alte Sam, der nicht einmal einen Nachnamen hatte. › *Volle Fahrt voraus auf deinem Himmelschiff*‹, steht dort als Grabspruch. Er wird wohl Seemann gewesen sein. Ich stelle mir immer vor, wie er an der Reling steht, nach unten sieht und einen Gruß gen Erde schickt, während der komplett aus Wolken bestehende Zweimaster durch den Himmel gleitet. Ich schaue dann nach oben und grüße zurück. Man will ja nicht unhöflich sein.

Als ich gestern über den Friedhof schlenderte, kam ich auch an dem Grab vorbei, an dem der junge Mann immer steht. Es war mir vorher nie richtig aufgefallen. ›*Das Leben war einfach zu viel für dich*‹. Ich ahne, was der Text andeutet. Und noch etwas sehe ich, nämlich, dass er morgen Geburtstag hat, den vierzigsten. Etwas Besonderes. In dem Moment kam mir eine Idee.

Jetzt stehe ich wieder bei *deinem* Grab und sehe, wie eben dieser junge Mann gerade den schmalen Weg hinaufläuft. Wie immer hat er den Klappstuhl dabei, in einem kleinen Beutel, den er bei sich trägt werden sich vermutlich Bier und Kerzen befinden.

Als er zum Grab seines Freundes kommt, stutzt er. Dort steht bereits eine Flasche Bier mit dem markanten roten Etikett auf dem Stein – ich konnte nicht anders. Runde Geburtstage muss man feiern.

Er sieht mich an und lächelt, scheint zu ahnen, dass die Flasche von mir ist. Wie jedes Jahr setzt er sich hin und beginnt mit seinem Freund zu reden. Doch als es dunkel wird öffnet er nicht ein, sondern zwei Bier. Er winkt mich ran. Und dann stehen wir da. Reden nicht, sehen uns nicht an. Trotzdem ist es eine kleine Feier. Ein besonderes Zusammensein zum vierzigsten Geburtstag eines Menschen, der schon lange nicht mehr unter uns weilt.

Nachdem ich mein Bier ausgetrunken habe, verabschiede ich mich stumm und gehe zurück. Als er sich auf den Weg macht, winkt er mir noch einmal kurz zu. Es liegt viel Dankbarkeit in dieser Handbewegung.

Die Nacht verbringe ich allein und beobachte das Flackern in einigen Metern Entfernung. Ich habe mich in all den Jahren verändert. Meine Trauer, meine Einstellung zum Tod, mein Mitgefühl für den Schmerz anderer. Wenn man das Leid der Menschen sieht, ihnen dann auf die Schulter klopft und sagt: ›Ich weiß wie du dich fühlst‹, dann hat das etwas Aufbauendes. Zumindest empfinde ich es so. Das Leben mag viele Fallgruben bereithalten, aber man muss ja nicht immer alleine in eine fallen.

—

Es ist Sommer geworden. Ich habe Luise schon eine Weile nicht mehr gesehen. Wie lange mag es her sein, dass sie sich das erste Mal auf deinen Grabstein gesetzt hat? Bestimmt zwanzig Jahre.

Ich entschließe mich, einen kleinen Spaziergang zu machen. Nicht weit. Ich will mich nur unter den großen Baum setzen, der ein wenig abseits steht. Heute ist ein besonders heißer Tag. Ein wenig Abkühlung kann sicher nicht schaden. Ich bin nicht lange weg und außerdem kann ich dich ja von dort auch recht gut sehen.

Die Knie schmerzen, als ich langsam loslaufe. Ich bin seit Monaten nicht mehr gelaufen. Meine Muskeln und Sehnen müssen sich erst wieder an die ungewohnten Bewegungen gewöhnen. Ich lehne mich gegen die alte Rinde. Der Baum spendet erfrischenden Schatten. Ich sehe mich um. Aus dieser Perspektive habe ich den Friedhof noch nie gesehen.

Überhaupt ist es gefühlt eine ganze Weile her, dass ich einen anderen Blickwinkel habe, etwas anderes sehe, als dein Grab. Sieht gar nicht mal so schlecht aus, das Leben aus einer neuen Sicht zu betrachten. Ich entdecke Steine, die ich vorher nicht gesehen habe. Einige davon sind wahre Kunstwerke. Eines ist besonders imposant. Es zeigt einen Engel, der einen Grabdeckel anhebt. Ich bin beeindruckt von der Größe und der Detailverliebtheit, mit der diese Ruhestätte gebaut wurde.

Nach einer Weile entschließe ich mich noch weiter herumzulaufen. Vielleicht gibt es ja noch mehr zu sehen. Ich schlendere zwischen den Steinen hin und her, als ich plötzlich etwas mir Bekanntes erblicke. Es liegt am Boden, bewegt sich nicht. Ich brauche noch einige Schritte, bis ich es genau erkennen kann. Dann sehe ich, was da vor mir liegt. Es ist Luise, die Flügel von sich gestreckt. Sie ist tot.

Da ist sie wieder, diese Trauer, dieses Gefühl, dass sich auf das Herz legt. Aber seltsamerweise ist es diesmal auch anders. Eine seltsame Erleichterung schwingt mit. Die Jahre hatten sie gezeichnet. Das letzte Mal, als ich Luise gesehen hatte, konnte sie nur noch auf einem Bein hüpfen, das Federkleid alt und zerzaust. Ich hoffe, sie musste zum Schluss nicht zu sehr leiden. Nicht so wie *du.*

Ich blicke auf den toten Krähenkörper. Dann hebe ich ihn auf und gehe zu deinem Stein. Du liegst am Anfang der Reihe, links von dir ist noch ein wenig Platz.

Mit den Händen fange ich an ein kleines Loch zu graben. Es muss nicht riesig werden. Nur so groß, dass Luise bequem Platz darin hat.

Als die Kuhle tief genug ist, lege ich sie behutsam hinein. Ich passe auf, dass die Stellung nicht ungemütlich ist. Natürlich ist mir klar, dass sie das nicht mehr spüren wird, aber es käme mir seltsam vor, sie in einer unnatürlichen Haltung zu beerdigen.

Als sie am Boden des Loches liegt, schaue ich sie ein letztes Mal an und beginne ihren Körper mit Erde zuzudecken. Erst die Beine, dann den Rumpf – wie eine wärmende Decke. Den Kopf bedecke ich zum Schluss. Dann fülle ich das restliche Grab. Aber irgendetwas fehlt noch. Ich schaue zu dir herüber und sehe die kleine Hecke, die dort gepflanzt ist. Du wirst sicher nichts dagegen haben. Luise war ja auch deine Freundin. Ich zupfe einen Zweig ab und stecke ihn in das frische Grab. Dann stehe ich auf.

»Mach's gut, alte Freundin«, sage ich leise, flüsternd. »Danke, dass du für mich da warst.«

—

Es ist dein siebzigster Geburtstag. Jetzt bist du schon zweiundzwanzig Jahre tot. Damals war ich noch jung. Und du auch, obwohl du mir so alt vorkamst. Siebenundvierzig. Ich schaue auf das Datum und stelle fest, dass siebenundvierzig gar nicht so alt ist. Bin ich auch bald, keine zehn Jahre mehr. Das macht mir Angst.

Und ich vermisse Luise. Sie ist jetzt schon seit über einem Jahr tot. Wo sie wohl ist? Wie es ihr geht?

Ich weiß nicht, wann sie geboren wurde. Aber jedes Jahr im Winter, an dem Tag, als sie das erste Mal zu mir geflogen kam und mich mit ihren neugierigen schwarzen Augen angesehen hat, lege ich eine weiße Rose auf ihr Grab, so wie sie es für *dich* getan hat. Und dann erinnere ich mich an die schönen Augenblicke mit ihr. An das erste Mal, als sie auf meiner Schulter saß. An das Geschenk an deinem neunundvierzigsten Geburtstag. An die vielen Gespräche, bei denen nur ich geredet, sie aber immer geantwortet hat. Und in diesen Momenten ist es so, als wenn sie wieder bei mir ist, auf meiner Schulter sitzt und mit mir stundenlang auf *deinen* Grabstein schaut.

Dieses Jahr wird sie keine Rose für dich stibitzen, von dem kleinen Blumenladen, der nur ein paar Querstraßen weiter weg ist.

Ich entschließe mich eine Runde zu drehen. Vorbei an Emil und Trudchen, dem kleinen Jungen, dem alten Sam. Der Schmerz ist über all die Jahre weniger geworden, doch an deinen Geburtstagen ist er immer präsent wie am ersten Tag.

Das stupide Nachvornesetzen der Füße hilft mir mich abzulenken. Rechts, links, rechts, links. Ich laufe ein wenig herum, dann wieder zurück. Den Blick nach unten gesenkt. Ich brauche nicht nach vorne zu schauen, den Weg zu deinem Grab kenne ich auswendig.

Was ich nicht erwartet habe, ist das Paar Schuhe, das an der Stelle steht, an der ich mich sonst immer befinde. Ich sehe nach oben und erkenne das Gesicht, das zu den Schuhen gehört. Es ist der junge Mann mit dem Klappstuhl. Er lächelt mich an. Den Klappstuhl hat er nicht dabei, dafür einen Träger Bier. In der anderen Hand hält er eine weiße Rose. Er lächelt und deutet auf deinen Grabstein.

Ich bin zu tiefst gerührt. Er gibt mir die Blume und ich platziere sie da, wo Luise sie sonst immer mit ihrem kleinen Schnabel hingelegt hat. Dann stehen wir da und sehen auf das Grab, jeder von uns sich seinen eigenen Gedanken hingebend.

Als es dunkel wird, zünde ich die Kerze an und öffne das erste Bier.

Und dann unterhalten wir uns. Ich erzähle ihm meine Geschichte, dem ersten Menschen überhaupt. Dem ersten Menschen in all den Jahren. Ich erzähle ihm von *dir*, von *mir*. Von der Zeit, die wir miteinander verbracht haben. Den ersten Jahren, den letzten Jahren. Den schönen Dingen und den anderen. Von deiner Krankheit, von deinem Tod. Davon, dass ich keine Möglichkeit hatte dir Lebewohl zu sagen.

Er hört aufmerksam zu. Doch er sagt nichts dazu. Vermutlich weiß er, dass kluge Worte nichts an der Vergangenheit ändern können. Aber er ist da. Und das bewirkt eine Menge.

Als die Flaschen leer sind, verabschiedet er sich. Ich kann nicht in Worte kleiden, wie dankbar ich ihm bin.

Als ich auf den kleinen Hügel schaue, unter dem Luise liegt, fühle ich, dass sich etwas in mir verändert hat. Etwas hat sich bewegt, hat begonnen sich zu lösen. Was auch immer heute passiert ist. Es fühlt sich gut an. Ein Hauch von Veränderung. Ein Hauch von Befreiung.

–

Es ist jetzt weit über zwei Jahrzehnte her. Es ist wieder dein Geburtstag, der einundsiebzigste. Die anderen haben ihren Frieden damit gemacht, was geschehen ist. Sie haben ihre Therapien abgeschlossen, sich mit dem Schicksal abgefunden, alles verarbeitet. Sie haben weiter gelebt oder sind selber gestorben. Alle haben sie irgendwie weiter gemacht. Ich nicht. Warum nicht?

Wir beide wissen warum. Wissen warum ich hier stehe. Können uns beide an jenen Sommertag erinnern. An den Streit. Die Emotionen. Die sturen Köpfe. Die übergroßen, verletzlichen Herzen. Wir beide wissen, was ich zu dir gesagt habe, kurz bevor du gestorben bist. Die dummen unverzeihlichen Worte eines Kindes, die man niemals aussprechen darf. Die Schuldgefühle, die ich seit jenem Tag in mir trage. Eine Schuld, die niemals zu begleichen ist. Die du mir schon lange verziehen hast. Nur ich mir nicht. Ich mir selbst nicht.

Einer muss doch für dich das sein. Einer muss doch ...

Und in diesem Moment erkenne ich, dass ich nicht für *dich* hier stehe. Erkenne die Lüge, die ich mir jahrelang erzählt habe. Niemand muss für dich da sein. Nein, es ist vollkommen egal wo ich hingehe, du wirst immer bei mir sein. Ich werde dich niemals vergessen. Wie könnte ich auch? Du bist ein Teil von mir, so wie ich ein Teil von dir war.

Nein, ich stehe für mich selbst hier. Ich stehe hier, um mein Leid zu verdrängen. Ich stehe hier in der Hoffnung, dass ich eines Tages aufwache und der Stein nicht mehr da steht. Ich stehe hier, um meine Schuld zu ertragen.

Ich stehe hier, weil es mir leid tut.

Ich schaue auf dein Grab, die Blumen, den Stein, die Gravur, all die Dinge, die ich seit über zwei Jahrzehnten jeden Tag gesehen habe. Und dann sehe ich *dich* an, obwohl ich dich gar nicht sehen kann.

»Papa, ich muss jetzt gehen, um mich nicht selbst zu verlieren.«

Kurz bevor ich mich umdrehe, streichle ich noch einmal sanft den Grabstein. Jetzt brauche ich ihn nicht mehr. Brauche auch nicht die Gedecke und Kerzen. Ich hab dich genau da, wo du hingehörst, da wo du immer warst, direkt hier in meiner Brust. Und so lange es da drinnen klopft, wirst du da sein.

Ich laufe an den anderen Grabsteinen vorbei, die hier im Laufe der Jahre aufgestellt wurden, und schaue noch einmal zurück.

Eine Krähe kommt vorbei geflogen und setzt sich auf deinen Stein. Sie sieht aus wie Luise. Zum Verwechseln ähnlich. Ich bin mir nicht sicher, vielleicht ist es nur eine Sinnestäuschung, aber kurz bevor ich mich umdrehe, kommt es mir so vor, als wenn sie mir mit ihrem kaputten Auge zuzwinkert. Und dann lächelt sie.

Ich laufe den schmalen Weg auf das große Tor zu. Ja, ich bin mir sicher, sie hat gelächelt.

Die Frage nach dem Sinn

Platsch machte es. Nicht so ein kleines harmloses Platsch, das entsteht, wenn ein gerade geborener Tautropfen von einem jungfräulichen Blatt in frühen Morgenstunden unbedarft auf die friedlich glatte Oberfläche eines ruhig daliegenden Bergsees hüpft. Auch nicht so ein Platsch, welches man vernehmen kann, wenn ein winziger Fuß, durch kindliche Freude angeregt, mit der zierlichen Sohle auf eine nächtlich entstandene Pfütze springt. Auch nicht das Platsch, welches zuweilen zu hören ist, wenn ein noch junger Heißsporn, bemerkt von seiner Freundin, einer anderen schöne Augen macht.

Nein! Es war ein Platsch, welches sich anhörte, als wenn der rundliche Körper eines alten Lebewesens mit vollem Elan und ordentlichem Anlauf in eine gewaltige Matschsuppe sprang. Und genau das war geschehen.

»Huiiiiii«, rief Mockward, als er schlammbedeckt aus dem moddrigen Loch wieder aufstieg.

Sein gesamtes Fell überzog eine braune Masse, die zäh an ihm herunter tropfte. Er grinste breit.

Der kleine Junge, der ein paar Schritte weiter weg stand und nicht einmal halb so groß wie der »Schlammberg« war, guckte nicht ganz so erfreut.

»Opa, warum hast du das gemacht?«, fragte der kleine Grumpel.

193

Dem Tonfall seiner Stimme konnte man nicht genau entnehmen, ob er nun stinksauer war, weil er auch eine ordentliche Portion des Matsches abbekommen hatte, oder ob er sich einfach nur über das Verhalten des Großvaters wunderte.

»Warum denn nicht?«, fragte Mockward, spielerisch mit den Schultern zuckend, zurück.

»Na weil du ein Opa bist. Und die dürfen sich doch nicht wie Kinder benehmen.«

»Echt nicht?«

»Nein«, protestierte der Kleine. »Du musst doch ein Vorbild sein.«

»Na dann pass mal auf«, grinste Mockward.

Er hatte sich mittlerweile wieder einige Schritte vom Schlammloch entfernt. Jetzt nahm er abermals Anlauf, bevor er seinen – nicht gerade aerodynamisch geformten – Körper vom Boden abstieß und in Richtung Modderpampe segelte.

Platsch.

»Na, Vorbild genug?«, lachte er, den Schlamm aus dem Mund prustend. »Jetzt bist du dran!«

Grumpel zierte sich. Er sah zwischen dem Schlammloch und dem Schlammgroßvater hin und her, so als könne er sich nicht entscheiden.

»Nein Opa, ich mache so etwas nicht mehr. Ich bin schon ein großer Junge«, verweigerte er schließlich.

»Wer sagt denn sowas?«, wollte Mockward wissen.

»Mama.«

»Ach so«, bemerkte der Großvater. »Und wenn ich dir sage, dass man sich auch im Alter wie ein Kind benehmen kann, ja sogar sollte?«

»Das ist mir egal«, konterte der Junge, »Du bist nicht Mama.«

Mockward musste sich ein Lachen verkneifen. Diese Sturheit hatte der Kleine von seiner Mutter. Und das verwunderte nicht, war sie doch seine Tochter.

»Aber ich bin doch älter als deine Mama. Damit bin ich doch viel klüger«, versuchte er den Enkel zu überzeugen.

»Hmm.«

Grumpel geriet ins Grübeln. Was sein Großvater da gesagt hatte, machte auf eine Art Sinn – auf eine andere wieder nicht. Er war verwirrt, so wie Kinder es manchmal sind, wenn die Worte von Erwachsenen nicht recht mit ihren eigenen Erfahrungen zusammenpassen wollen. Die Gedanken tickten in dem kleinen Köpfchen und versuchten einen Ausweg zu finden.

»Dann suche ich mir halt jemanden, der älter ist als du, aber das Gleiche sagt wie Mama«, konterte er die Worte des alten Mannes.

Auf dieses Argument war Mockward in der Tat nicht vorbereitet. Auch nicht auf den Anblick des kleinen Rechthabers, der ihn mit verschränkten Armen und leicht gesenktem Kopf mit bockigen Augen prüfend ansah. Mockward versuchte noch eine passende Antwort zu finden, hatte dafür aber nicht mehr genügend Zeit, denn sein Körper hatte sich entschieden in schallendes Gelächter auszubrechen. Doch Grumpel hielt an seiner Pose fest. Dann wurde es ruhig.

»Du Opa«, durchbrach Grumpel nach einer Weile die Stille, »warum sollte man im Alter noch kindlich sein?«

Mockward schaute zu seinem Enkel, in dessen Augen er nun keine Verärgerung mehr, sondern verunsicherte Neugierde erkannte.

Der alte Mann, dessen Fell schon sichtlich ergraut war, überlegte kurz, wie er seine Gedanken am besten in Worte kleiden könne.

»Weil Kinder die Welt sehen wie Erwachsene es nicht mehr können«, sagte er mit einer Erfahrung, die sein kleiner Abkömmling nicht haben konnte.

»Aber Opa? Wenn du nicht mehr richtig gucken kannst, dann kannst du doch eine Brille aufsetzen?«, schlug Grumpel verwirrt vor.

Mockward schmunzelte.

»Nicht auf diese Art *sehen*. Ich meine nicht mit den Augen, sondern mit dem Herzen. Ganz offen und frei und neugierig. Kinder sehen die Welt als ein riesiges unentdecktes Land. Alles ist für sie neu und wunderschön und faszinierend. Alles gilt es zu erkunden und auszuprobieren. Und obwohl es mehr zu entdecken gibt, als einer von uns jemals in seinem ganzen Leben ergründen kann – man also sein ganzes Leben lernen könnte – neigen Erwachsene dazu, den Blick vor der ganzen Herrlichkeit und dem Unentdeckten zu verschließen und sich nur noch auf die kleinen, wenigen Dinge zu konzentrieren, die vor ihnen liegen. Sie verlieren ihre Fähigkeit zu träumen.«

Grumpel lauschte den Worten des Großvaters.

Dann sagte er schließlich: »Irgendwie verstehe ich das nicht. Ich versuche doch jeden Tag erwachsener zu werden, damit ich irgendwann richtig groß und stark bin. So sagt es Mama zumindest. Und jetzt soll ich doch kindlich bleiben? Das macht doch gar keinen Sinn.«

»Was heißt denn für dich erwachsen werden?«, fragte Mockward, der sich selbst nicht sicher war, was das bedeutete.

Grumpel dachte nach.

»Also,«, begann der Kleine, »wenn ich erwachsen bin, dann kann ich richtig arbeiten. Und wenn ich arbeite, kann ich ganz viel Geld verdienen.«

Er machte eine kurze Pause.

»Und wenn ich ganz viel Geld habe, kann ich mir unendlich viel Spielzeug kaufen, und dann kann ich den ganzen Tag spielen.«

Man konnte die ungeduldige Vorfreude auf diese Phase seines Lebens förmlich in den glänzenden Augen des Jungen sehen.

»Na ja,«, meinte der Großvater, der sich in diesem Moment erinnerte, dass er als kleiner Wurm ähnliche Träume hatte, »um viel Geld zu verdienen, musst du aber den ganzen Tag arbeiten und bist dann am Ende des Tages total müde und erschöpft und hast bestimmt keine Kraft mehr zum Spielen.«

Ein entsetzter Schatten huschte über Grumpels Gesicht, als er die Illusion seines Traums bröckeln sah.

»Aber gar nicht mehr spielen zu können ist doch total doof. Dann lohnt sich das ganze Arbeiten doch nicht. Ich glaube, ich will dann doch nicht erwachsen werden«, stellte er fest.

Mockward grinste, als er merkte, dass er den Jungen dort hatte, wo er ihn hinhaben wollte.

»Na ja, das mit dem Erwachsenwerden lässt sich nicht ganz verhindern …«

»Och menno«, warf Grumpel ein.

»… aber du kannst versuchen dir so viel Kindlichkeit wie möglich zu bewahren.«

»Aber wie soll ich das denn machen?«, fragte Grumpel ein wenig traurig. »Du hast doch gesagt, dass alle Erwachsenen ihre Träume verlieren.«

Mockward sah den Spross seiner Tochter an und überlegte, wie er ihm am besten begreiflich machen konnte, was ihm durch den Kopf schoss. In diesem Moment flog ein kleiner blauer Schmetterling direkt über den Köpfen der beiden hinweg.

»Sieh da!« rief Mockward und zeigte auf den Flattermann.

Grumpel blickte dem flügelschlagenden Insekt hinterher.

»Wie heißt der denn?«, wollte er wissen.

»Sag du es mir«, sagte Mockward.

»Aber ich weiß doch nicht wie er heißt.«

»Na dann denk es dir doch einfach aus.«

Grumpel stützte die Hand in das Kinn und überlegte.

»Ein Blauflatterer!«, rief er plötzlich aus und tat so, als wenn es zum Allgemeinwissen gehöre, dass diese Schmetterlingsart so hieß. »Opa, das ist ein Blauflatterer. Warum hab ich das nicht gleich erkannt?«

Grumpel hatte natürlich keine Ahnung, wie diese Gattung in Wirklichkeit hieß. Aber in seinen Gedanken tat sich plötzlich eine wundersame Welt auf – die wundersame Welt der kindlichen Fantasie.

»Stimmt«, bestätigte Mockward. »Jetzt wo du es sagst, sehe ich es auch. Und ich glaube, ich weiß auch wie sein Name ist. Das ist der blaue Tom. Der fliegt hier immer mittags vorbei.«

Aber Grumpel sah das ganz und gar nicht so und protestierte: »Aber Opa, das kann nicht sein. Das ist doch ein Mädchen. Das sieht man doch ganz deutlich an den großen Wimpern über den Augen (*ein Erkennungsmerkmal, das ebenfalls Grumpel's Fantasie entsprang*)«

»Natürlich! Dann muss das seine Freundin sein!«, rief Mockward.

»Ja, richtig! Lise heißt sie, nicht wahr?«, fragte Grumpel, als ob jeder auf der ganzen Welt die wundersamen

Abenteuer von Tom und Lise, dem Blauflatterer-Pärchen kannte.

»Ja, Lise und Tom. Die berühmtesten Schmetterlinge auf der ganzen Welt«, bejahte der Opa.

»Haben sie nicht gegen den Riesen Ukzahl gekämpft?«, fragte Grumpel den Großvater nach einer Geschichte die noch nie erzählt wurde und gerade in seinem Kopf entstand.

»Und ob«, bestätigte Mockward. »Und die finstere Mondschlange Magzilia haben sie auch geschlagen.«

»Ja! Die Geschichte kenne ich auch«, rief Grumpel, in dessen Fantasie sofort diese Heldentat zum Leben erweckt wurde.

So ging es noch eine Weile hin und her zwischen den beiden und sie erzählten sich von den großen Abenteuern der Schmetterlinge, und mit jedem Wort das der eine sagte, fachte er die Erzählung des anderen an.

Der kleine blaue Schmetterling – der in Wirklichkeit doch ein Männchen gewesen war und auf den Namen Ephrael hörte – war schon längst nicht mehr zu sehen. Er hatte sich nur einmal kurz umgedreht und sich über die seltsam aussehenden Wesen gewundert, die sich händefuchtelnd irgendwelche Geschichten erzählten.

»Sind das nicht schöne Geschichten?«, fragte Mockward den Enkel irgendwann.

»Ja«, erwiderte der Junge.

»Siehst du. Und nun weißt du auch, wie du deine Kindlichkeit erhalten kannst. Höre niemals auf, dir derlei Märchen auszudenken. Solange du das noch kannst, wirst du immer ein gutes Stück Fantasie bewahrt haben.«

»So wie du«, sagte Mockward, den Großvater stolz ansehend.

»Genaus so«, lächelte er zurück.

Da machte Grumpel einen Schritt nach vorne, streckte beide Arme auseinander und umarmte den Großvater. Mockward war so überrascht, dass die einzige instinktive Reaktion, die er zustande brachte, ebenfalls eine Umarmung war.

»Ich hab dich lieb«, sagte der kleine Junge und drückte sich fest an den alten Mann, der vor Rührung fast eine kleine Träne aus seinem Auge verloren hätte.

Nach einer Weile löste Grumpel den innigen Griff.

»Du Opa,«, er zupfte Mockward am Jackenzipfel und guckte schüchtern zu ihm herauf, »meinst du, ich könnte jetzt vielleicht auch eine Runde Matsch-Bauch-Klatschen?«

»Los geht's!«, rief Mockward und packte den Enkel bei der Hand.

Sie traten einige Schritte zurück, nahmen Anlauf und landeten fast zeitgleich in der sumpfigen Pampe. Der Matsch flog zu allen Seiten. Mockward und Grumpel drehten sich auf den Rücken, und sorgten dafür, dass jeder Fleck von ihnen, der bis zu diesem Zeitpunkt noch nicht mit Schlamm besudelt war, ebenfalls von oben bis unten mit der glitschigen Masse eingerieben wurde. Vor Freude lachend, hielten sie sich ihre kugligen Bäuche.

Sie sprangen noch drei weitere Male, bevor sie sich vor Lachen und Heiterkeit erschöpft auf die Wiese setzten und in den Himmel sahen. Grumpel hatte sich ganz fest an seinen Großvater heran gekuschelt.

Die Wattewolken zogen vorbei und Mockward und Grumpel entdeckten in ihnen allerlei Kreaturen – Helden und Fabelwesen, um die sie neue Geschichten sponnen. Nach einer Weile wurde Grumpel ganz ruhig und nachdenklich. Plötzlich deutete er auf eines der weißen Wolkenobjekte.

»Schau mal Opa, da!«

Mockward blickte in die Richtung und versuchte vergeblich eine Figur zu erkennen.

»Ich kann da leider nichts sehen, mein Junge«, musste er zugeben.

»Ja, weil da nichts mehr ist. Eben flog dort noch ein riesiger Drache mit gewaltigen Flügeln. Feuer hat er sogar gespuckt. Und jetzt … jetzt ist er einfach weg.«

Mockward wusste nicht so recht, was er dazu sagen sollte.

»Opa,«, fragte der Junge weiter, »wir stehen jeden Morgen auf, und abends gehen wir wieder ins Bett. Und dazwischen werden wir erwachsener und sollen uns doch unsere Kindlichkeit bewahren. Und dann irgendwann sind wir nicht mehr da, so als hätten wir nie existiert. So wie der Drache, der nur einen ganz kurzen Moment da war. Dann sind wir einfach weg. Aber wenn wir nur kurz auftauchen und dann wieder verschwinden, wozu sind wir dann überhaupt da? Was ist denn der Sinn von alledem?«

Der Großvater lächelte. Er wusste, dass sein Enkel diese Frage eines Tages stellen würde, so wie er diese als junger Bub seinen Vater fragte und dieser seinen davor und dieser davor und so weiter, viele Millionen Jahre lang.

Er drehte den Kopf, sah den kleinen Jungen an, der noch sein gesamtes Leben vor sich hatte. Sah die fröhlichen, neugierigen Augen, in denen er sich selbst spiegelte.

Und da machte es bei ihm Klick, einfach so, aus heiterem Himmel und er erkannte, was zigtausenden Generationen an Gruuhks vor ihm verwehrt blieb. Es war auf einmal sonnenklar. Es fiel ihm wie Fellknäuel von den Augen. Es lüftete sich wie ein verschleierter Vorhang, der schlagartig nach oben gezogen wurde und einen klaren, uneingeschränkten Blick auf all die Wahrheiten des Universums freigab. Er sah es ganz deutlich vor sich, und er war der erste Gruuhk, der die Antwort auf die Frage fand, die sie sich seit ihren Ur-Tagen gestellt hatten. Die Antwort darauf, was ihnen fehlte, um glücklich zu werden. Die Antwort auf die *Große Frage* nach dem Sinn.

»Nun mein Junge«, begann er. »Der Sinn von alledem ist …«

Klick machte es leider in diesem Moment noch an einer anderen Stelle auf dem kleinen Planeten. Nämlich genau in dem Augenblick, in dem ein ambitionierter Forscher auf einen gelben Knopf drückte, der die stilisierte Form eines fröhlich grinsenden Gruuhk-Gesichtes trug, und damit die Kettenreaktion auslöste, die zur Vernichtung der gesamten Gruuhkheit führte.

Grumpel und Mockward lagen einfach da, leblos. Die Köpfe aufeinandergelegt. Was sie in ihrem letzten Moment dachten, lässt sich nur schwer erraten, aber auf ihren Gesichtern lag ein Lächeln, welches man nur selten in solch einer Intensität und Ausgeprägtheit sehen kann. Vielleicht hatten sie ja erkannt, dass sie bereits das besaßen, was im Leben wichtig war. Dass sie bereits die ganze Zeit die Antwort auf die *Große Frage* gelebt hatten.

Der kleine Planet drehte sich ruhig um seine eigene Achse. Dann entschied er, noch eine Ehrenrunde für die Gruuhks zu drehen.

Die kleinen knuffigen Fellträger waren verschwunden, aber nicht das gesamte Leben auf dem Planeten. Und als er sich das Getier auf seiner Oberfläche betrachtete, stellte er fest, dass die meisten davon glücklich und zufrieden wirkten.

Dann sah er eine andere Lebensform, welche die Gruuhks als *evolutionär entfernte Verwandte* bezeichnet hatten. Ein Männchen dieser Art stürzte gerade von einem Ast. Es hatte eine Frucht in der Hand gehalten und wollte sich gerade an seinem Allerwertesten kratzen, als ihm – leider zu spät – auffiel, dass er ja gar keinen dritten Arm hatte, um sich weiterhin an den Baum hängen zu können. Als das Männchen jammernd auf dem Boden lag, kam ein Weibchen vorbei, das – nachdem es sich ausgiebig über das Männchen amüsiert hatte – sich zu ihm setzte und vorsichtig anfing die dicke Beule am Kopf zu streicheln.

Da lachte der kleine Planet freudig, denn derlei Geschichten hatte er schon Millionen Jahre früher beobachten können. Aus diesen pelzigen Wesen wird bestimmt eines Tages etwas Großes, munkelte er. Eine weitere Art, die von den Bäumen steigt, um die Welt zu entdecken.

Vielleicht würden sie sogar diesmal früher erkennen, was das Wichtige im Leben war. Und er fand es schön zu sehen, dass das Glück immer einen Weg fand.

Danke